열정으로
이룬 꿈,
마흔도
늦지 않아

열정으로 이룬 꿈, 마흔도 늦지않아

초판 1쇄 발행 2016년 1월 1일

지 은 이	이철희
발 행 인	권선복
편집주간	김정웅
디 자 인	김소영
기록정리	정명옥
전 자 책	신미경
마 케 팅	정희철
발 행 처	도서출판 행복에너지
출판등록	제315-2011-000035호
주 소	(157-010) 서울특별시 강서구 화곡로 232
전 화	0505-613-6133
팩 스	0303-0799-1560
홈페이지	www.happybook.or.kr
이 메 일	ksbdata@daum.net

값 15,000원

ISBN 979-11-5602-308-1   03810

행복한 에너지는 독자 여러분의 아이디어와 원고 투고를 기다립니다. 책으로 만들기를 원하는 콘텐츠가 있으신 분은 이메일이나 홈페이지를 통해 간단한 기획서와 기획의도, 연락처 등을 보내주십시오. 행복한 에너지의 문은 언제나 활짝 열려 있습니다.

열정으로 이룬 꿈, 마흔도 늦지않아

이철희 지음

도서
출판 행복에너지

얼마 전, 신문을 읽는데 인물 기사 하나가 눈에 확 들어
왔다. 은행 지점장을 지내고 퇴직한 뒤 보일러 기능사가
돼서 다시 그 은행에 취업한 분의 이야기였다. 떠밀리듯
명예퇴직을 하게 됐을 때는 좌절도 했었다지만 곧 '인생 2
막을 열어야겠다'는 결심으로 보일러기능사, 공조냉동기
능사, 에너지산업기사 등 자격증 7개를 땄고, 다시 입사
면접을 봐서 전에 다녔던 은행의 시설관리 기술자로 들어
갔다고 한다.

환갑을 바라보는 나이에 "이제부터의 꿈은 건물 관리소
장."이라고 말하는 이분 이야기에는 큰 울림이 있다. 특히
퇴직 전후 내 또래들에게는 귀감이 될 만하다. '내가 어떤
자리까지 지낸 사람인데…'라는 허세 없이, 노동의 귀중한
가치를 최우선에 두고 일하는 이분의 자세 때문이다.

내게는 더 특별하게 다가왔다. 지점장에서 은행 시설관리 직원이 된 그의 이야기는 내 인생과 정확히 반대되는 행로를 그리기 때문이다.

나는 스물넷에 기업은행 운전기사로 은행에 들어갔고, 서른하나에 성동지점 보일러기사가 됐고, 서른아홉에 기술계 은행원이 됐으며 마흔셋에야 겨우 대고객 창구업무를 시작했다. 그리고 쉰셋에 지점장이 됐다.

'은행원이 되겠다'는 인생의 목표를 세운 것도 보통 사람들보다 늦은 이십대 중반이었다. 목표를 이루기 위한 노력 중에는 결과적으로 헛수고였던 것도 많았다. 그러나 희망의 끈을 놓지 않고 계속 노력했더니 어느 순간 꿈은 이루어졌다.

위에 말한 분의 삶이 은퇴와 함께 인생 2막의 기로에 선 사람들에게 귀감이 될 만한 것이라면, 내 인생은 어떨까? '꿈을 이루기에는 이미 늦었다'고 생각하는 사람들, 용기를 내지 못하고 주저하고만 있는 사람들에게 내 인생 이야기를 해주고 싶다.

서른이 다 돼서야 진짜 하고 싶은 일을 깨달았다면? 마흔을 바라보는데 아직 갈 길이 멀기만 하다면? 40대 중반이 됐는데도 아직 이룬 일이 없다면? 그런 상황에서 흔들리고 있는 모든 사람들에게 이렇게 말해주고 싶다.

"아직 늦지 않았습니다!"

혹시 용기를 내지 못하는 건, 남들보다 늦게 도전을 시작하는 것이 부끄럽기 때문은 아닐까? 꿈을 이루더라도 자신보다 일찍 그 자리에 온 어린 사람들과 같은 선상에서 출발하는 것이 두려운 것일까? 혼자서만 다르게 보일까 봐 두렵고, 남의 시선이 신경 쓰이기 때문일까?

그럼에도 용기를 낸다면, 그다음에는 어떻게 될까? 좀 늦었지만 꼭 하고 싶었던 자리에 드디어 앉게 된다면? 바라고 또 바라던 일을 내 손으로 하게 된다면? 매일매일의 일상에 만족하고 행복할 수 있을까? 아니면 다른 이유 때문에 여전히 불행할까?

무엇 하나 분명치 않고 막연하기만 해서 도전할 마음을 먹지 못하는 사람들에게 내 이야기를 들려주고 싶다. 그런 모든 의문과 불안과 설렘과 시선들을 거치며 늦깎이로 꿈을 이룬 사람의 이야기를 한번 들어본다면 마음의 결정을 내리기가 조금 더 쉬워질지 모른다.

그래서 단 한 명이라도 오랜 꿈을 이루고, 설레는 첫 출
근의 아침을 맞이하고, 행복하게 하루를 마칠 수 있다면
이 글을 쓴 것이 부끄럽지 않을 듯하다.

•••

"낯설고 거친 길 한가운데서 길을 잃어버렸대도 물어 가면 그만이다.
물을 이가 없다면 헤매면 그만이다.
중요한 것은 자신의 목적지를 절대 잊지 않는 것이다."
－ 한비야 －

••• "왕후장상의 씨가 따로 없다"는 말이 어떤 의미를 가지는지 보여주는 대표적 인물이 이철희 전 지점장이다. 운전기사로 입사했지만 끊임없는 노력으로 은행원이 되고 지점장까지 승진한 그의 인생역정이 이 책 속에 잘 끓인 곰탕같이 녹아 있다. 미래가 보이지 않아 좌절하는 젊은이들에게 "진정으로 꿈꾸고 노력하면 이루어진다!"는 것을 보여주는 책이다. 자신 있게 일독을 권한다.

– 조준희 YTN 사장 (전 IBK기업은행장)

••• "불가능한 꿈이란 없다"는 것을 이철희 전 지점장은 인생으로 보여준다. 열다섯 살부터 찾아 헤맨 꿈을 IBK기업은행에서 이룰 수 있었다는 이야기에 가슴이 뿌듯했다. 많은 이들에게 감동과 용기를 준 저자에게 존경의 마음을 전하며, 인생 2막의 새로운 꿈도 진심으로 응원한다.

– 권선주 IBK기업은행장

••• 우리 세대가 1970~1980년대 겪은 어려운 시절이 책 속에 생생하게 담겨 있고, 그 고난을 인내와 성실함으로 잘 극복한 이철희 전 지점장님에게 박수를 보내게 된다. 고객으로 지점장님을 오래 알고 지내면서 그 변함없는 열정이 어디서 오는지 궁금했었는데 이 책을 읽으며 이해할 수 있게 됐다.

– 이성열 베올리아 코리아 부사장

••• 인생의 아픔과 어려움을 극복해 나간 여정을 마치 일류 요리사가 음식을 만들듯 담백하고 감칠맛 나게 보여주는 책이다. 쉽고 단순한 일상생활의 언어로 쓰여 있으면서도 저자를 직접 만나 듣는 것 같은 현장감이 있다. 나약해져 있는 젊은이와 실패하고 낙심한 중년층, 할 일이 없다고 좌절한 노년층 모두에게 '다시 일어설 이유'를 줄 만한 책이다.

– **장학일** 예수마을교회 담임목사

••• 어느 날 교장실을 찾아오신 이철희 전 지점장님을 처음 뵈었을 때부터 특별한 삶을 살아오신 것을 알 수 있었다. 학생들을 위한 강연을 부탁드렸더니 어려움 속에서도 꿈꾸며 노력한 이야기를 들려주셨다. 모든 학생들이 숙연하게 들었고, 적잖은 학생들이 감동을 받았다고 했다. 그 이야기가 책으로 출간되어 반갑다. 청소년들에게도 귀감이 될 내용이 곳곳에 들어 있어 꼭 한 번 읽어 보았으면 한다.

– **이경호** 대경중학교 교장

••• 이 책을 읽고 『개미』의 작가 베르나르 베르베르가 쓴 "노인의 죽음은 도서관이 불타는 것과 같다"라는 구절이 떠올랐다. 한 인생에는 그만큼 큰 경험이 담긴다는 뜻이다. 이철희 전 지점장의 이야기가 의미 있는 것은 경력이 대단해서가 아니다. 책상머리에서 얻은 지식이 아니라 삶의 현장에서 온몸으로 부딪치며 얻은 지혜를 엿볼 수 있기 때문이다. 특히 고비마다 얻은 새로운 깨달음으로 더 높은 목표를 찾아가는 진솔함이 돋보인다. 어제와 오늘에 이어 내일의 변신도 기대한다.

– 박영근 ㈜아담재 대표

••• 이 책은 성공한 사람의 자서전이 아니다. 꿈과 땀, 진심이 있는 인생 이야기다. 벼락같은 행운을 거머쥔 이야기가 아니라 보통 사람의 평범한 매일이 쌓여서 내일이 된 이야기이기에 읽어볼 가치가 있다. 인생을 바꿀 절호의 기회는 다름 아닌 '오늘'이라는 것을 알 수 있다. 꿈을 꾸고 있는 사람도, 꿈을 잊은 사람도 한 번씩 읽어봐야 할 필독서다.

– 김영근 글로벌 패션 브랜드 'NAIN' CEO

••• Contents •••

Achieve a dream with passion

Part 1

꿈은
이루어진다!
그다음은?

바닥에서 시작한
사람에게만 있는 것

대한민국 국민들에게 2002년은 특별한 해였다. 10년도 훨씬 넘었지만 그때처럼 온 국민이 뜨겁게 하나가 된 일은 다시없었기에 자꾸 돌아보고 싶어진다. 당시 우리 가슴을 뛰게 했던 구호 한마디가 있었다.

"꿈은 이루어진다!"

바로 그해, 내 꿈도 이루어졌다. 무려 19년 만이었다. 1983년 운전기사로 기업은행에 입행한 후 보일러기사로 일하면서, 객장의 갖은 잡무를 하면서 한결같이 그려보고 바랐던 대고객 창구 업무를 2002년 2월, 마흔셋의 나이에 드디어 시작하게 된 것이다.

처음 창구에 앉은 날, 고객을 맞이하기 위해 책상을 정리하던 그 아침의 설렘을 나는 아직도 생생하게 기억하고 있다. 얼마나 기쁘고 가슴이 벅찼는지 아마 같은 공간에 있던 직원들조차 다 알 수 없었을 것이다.

나란히 앉은 어느 직원보다 나이가 많다는 것, 그것도 한두 살이 아니라 열 살에서 스무 살까지 많다는 것은 적어도 그 순간의 행복을 만끽하는 데는 아무런 장애가 되지 않았다.

꿈을 이루기 위해 노력한 시간의 길이는 꿈을 이룬 순간의 행복에 비례하는지도 모른다. 만약 정확히 비례한다면 그날 내 행복의 양은 다른 사람들보다 열 배, 스무 배 컸을 것이다.

물론 행복한 순간만 계속되지는 않았다. 본격적으로 일이 시작되자 여러 가지 상황들이 벌어졌다.

이 객장을 드나들며 일한 세월이 무려 12년이었다. 그래도 고객을 직접 대면해 금융 상품을 설명하고 갖은 요청을 처리하는 것은 전혀 다른 일이었다. 금융에 대한 전문 지식이 절대적으로 부족했다. 그러다 보니 한동안 입금 등 쉬운 업무만 해야 했다. 자연히 다른 직원들의 업무 부담이 커졌다.

은연중에 나를 비하하는 말도 들려왔다. 식사시간에 교대를 해야 할 때, 한 책임자는 나보다 열 살 이상 젊은 직원의 어깨를 두드리며 "이 친구가 남아있을 때는 미더운데 말이야, 다른 때는 영 못 미덥단 말이야."라고 말하기도 했다. 농담조의 말이었지만 내게는 비수로 와서 꽂혔다.

자존심이 상했다. 그동안 여러 가지 업무를 했지만 늘 동료보다 열심히 했고 더 노력했기에 무능하다는 평가를 받아본 적이 없었기 때문이다.

그래도 현실을 인정할 수밖에 없었다. 고객이 앞에 와 앉았는데 원하는 내용을 내 선에서 처리할 수 없는 경우가 많았다. 옆의 직원에게 고객을 안내해 주는 수밖에 없었다.

본래 꼼꼼하거나 숫자 계산에 능한 편이 아니라서 실수가 터지기도 했다. 지점에서 주로 신입 행원들이 담당하는 일 중에 어음 및 수표 교환 업무가 있는데, 창구에서 받은 어음과 수표를 모아 매수와 금액을 정확히 맞춰 본사로 보내는 일이다.

내가 그 업무를 맡았던 토요일 어느 날이었다. 퇴근하면 바로 가족들과 오후 3시 기차를 타고 처갓집에 가기로 돼 있었다. 그날은 마침 월말이어서 가계수표와 약속어음 등이 잔뜩 들어와 있었다. 책상 가득 서울, 부천, 성남, 남양주 등 다른 지점 및 타행으로 가야 할 어음들을 정리해 놓고 나서 금액을 맞춰 보니 맞지가 않았다.

퇴근시간이 지나도록 맞추고 또 맞춰 봐도 금액이 맞지 않아 상사들까지 도와 주었다. 다른 직원들도 모두 퇴근을 못하고 대기해야 했다. 어음을 가지고 각 지점으로 가야 할 차는 기다리다 못해 그냥 떠나버렸다.

여러 사람의 도움으로 겨우겨우 금액을 맞춰서 어음을 본점에 직접 갖다 주고 나니 오후 6시가 다 돼 있었다. 가족들은 먼저 출발했고 나만 따로 6시 기차를 타고 처갓집에 가는데 쥐구멍이라도 있으면 숨고 싶었다.

'다들 얼마나 나를 욕하고 흉볼까? 그렇게 마흔도 넘은 사람이 왜 창구 일을 하겠다고 부득부득 우겨서 이렇게 우리를 고생시키냐고들 하겠지?'

이런 생각이 떠나지 않았고 '이 일이 나에게 맞는 일인가? 처음부터 안 맞는 일에 욕심을 낸 것인가?' 하는 후회까지 밀려왔다.

그 후로도 한동안 밤에 자려고 눕기만 하면 이런 생각들로 괴로웠고, 일할 때도 위축이 됐다. 다행히 오래가지는 않았다. 어떻게든 주위에 폐 끼치지 않고 내 역할을 해내기 위해서 매일매일 고군분투하는 사이에 자연히 문제가 해결돼 갔기 때문이다.

돌아보면 나에게는 귀중한 자산이 있었다. 바로 바닥에서 시작했다는 것이었다. 어차피 낮은 자리에서부터 한 단계씩 한 단계씩, 모르는 것은 묻고 배우면서 올라오는 중이었기 때문에 다들 그런 내게 익숙해져 있었다.

직원들과 원만한 관계를 유지해 온 덕분에 모르는 일이 생길 때 도움을 청하면 모두 친절하게 잘 가르쳐줬다. 그래도 부족한 것은 책을 찾아보고, 통신 연수를 받으면서 메꿔 나갔다.

특히 당시 내 상사였던 정대연 과장님을 잊을 수 없다. 서투르기만 한 내 상태를 봐서 업무를 쉬운 것만 주신대도 할 말 없었지만 과장님은 차장님을 설득해서 내 업무 영역을 하나씩 넓혀 주셨다.

시험에 몇 번
떨어져 봐야 하는 이유

　많은 분들의 도움을 받자 더 열심히 하고픈 의욕이 생겼다. 금융 지식이 부족한 것은 도움받는 것으로만 해결되지 않으니 공부를 해서 자격증을 따기로 결심했다. 자격증은 내 실력이 나아지고 있다는 것을 객관적으로 증명할 수 있는 좋은 수단이기도 했다.

　이후로 매년 한두 개의 금융 자격증을 땄다. 은행 창구에서 보험 상품을 판매하는 '방카슈랑스'가 시작된 것을 계기로 2003년 생명보험대리점자격과 손해보험대리점자격을 취득했다. 2004년 증권투자상담사, 2005년 변액보

험판매관리사, 2006년 증권펀드투자상담사, 2007년 선물거래상담사, 2009년 금융자산관리사AFPK와 부동산펀드투자상담사 등을 딴 것은, 공부할 것이 눈에 보이기만 하면 지체 없이 뛰어들어 시간을 투자한 결과였다.

물론 말처럼 간단한 일은 아니었다. 보일러기사 시절에 하던 공부와는 전혀 다른 내용이라 한동안은 남들보다 몇 배 시간이 걸렸다. 다른 젊은 행원들은 한 번에 붙는 시험에 몇 번씩 떨어지기도 했다. 하도 실망스러워서 문제집을 다 던져버린 적도 있었다. 그래도 조금 지나면 다시 집어 와 펼칠 수밖에 없었다. 그렇게 던져버린다고 끝날 일이 아니었기 때문이었다.

지나고 보니 시험은 몇 번 떨어지는 것이 이득이 될 수도 있다. 공부한 게 진짜 자기 실력이 되기 때문이다. 한 번에 붙어버리면 자격은 딸 수 있지만 실전에서 미처 쓰기도 전에 공부한 것을 잊어버리기 쉽다.

그렇게 어렵게 공부한 덕분에 어느덧 창구에서 은행 업무는 물론 다양한 금융 상품에 대한 상담도 막힘없이 할 수 있게 됐다. 그리고 이 노력들은 훗날 '인생 2막'을 시작하는 데도 결정적인 도움이 됐다.

'어음 교환 사건'도 내게는 약이 됐다. 초기에 '센' 경험을 한 덕분에 그 뒤로는 같은 실수를 하지 않으려고 조심 또 조심했던 것이다.

반면 엘리트인 젊은 은행원들 중에서도 반복해서 같은 실수를 하는 경우가 적지 않았다. 처음에는 10만 원이 안 맞고, 그다음에는 50만 원, 그다음에는 100만 원이 맞지 않는 식이다. 한두 번은 자기 돈을 넣어서 메꾸다 나중에는 감당하지 못할 상황이 되면 은행을 나가버리는 사람도 있었다.

명문대를 나와 은행에 그리 어렵지 않게 들어온 직원들은 그 밖의 작은 사안을 두고도 '내가 이런 일을 해야 하나', '내 적성에 안 맞는 것 같다'는 고민을 자주 했다. 물론 나가서 더 잘된 사람들도 있겠지만, 과연 충분히 생각하고 결정했는지는 모를 일이다.

그런 모습들을 보면서 은행 업무는 '숫자'에 대한 것도 아니고, 명문대를 나와야 잘할 수 있는 것도 아니라는 것을 알았다. 그보다는 고객과의 관계가 중요한 일이었다. 상대방의 비위도 맞출 줄 알아야 하고, 불만도 받아주면서 늘 웃는 얼굴로 대해야 하는 일이었다.

그렇다면 은행 업무는 내게 잘 맞는 일이다. 외향적이어서가 아니다. 나는 오히려 소심하고 내성적인 편이다. 그러나 내게는 누가 시키지 않아도 웃으며 고객을 대하고, 칭찬거리를 찾아내고, 불만도 달게 들을 이유가 있었다. 바로 '은행원이 돼서 행복하다'는 이유였다. 늦게 출발해서 귀하게 얻은 성공은 그래서 가치가 있다.

그 정도 어려움으로는
절망할 수 없다

내가 '진짜 은행원'이 되기 위해 넘어야 할 벽이었던 '소심증'을 고친 데는 또 하나의 계기가 있었다.

은행 지점에서는 아침마다 문을 열기 전에 직원들끼리 고객만족서비스Costomer Satisfaction교육이라는 것을 했다. 간단하게 어깨와 표정을 풀기도 하고, 직원들끼리 게임도 하면서 친절 서비스를 다짐하는 시간이다.

이 시간을 이끄는 책임을 맡는 사람을 'CS 리더'라고 하는데, 나는 이 역할을 10년 넘게 했다. 처음 창구 업무를 시작했을 때 지점 직원들이 이구동성으로 나를 CS 리더에 추천했다. 그때까지는 보통 젊은 여직원들 중에서 맡았다.

자의반 타의반 CS 리더가 됐지만 사람들 앞에서 구호를 외치고, "김치~ 하고 웃어봅시다!", "위스키~라고 해 봅시다!"라는 식으로 동작을 이끄는 것이 무척 쑥스러웠다. 한동안 얼굴이 벌겋게 상기되고 목소리도 떨려 나왔다. 그래도 사람들이 잘 따라줄 때는 나은 편인데 월요일 아침처럼 축축 처지는 분위기에서는 더 힘들었다.

한 번은 월요일 아침에 '상대방 칭찬해 주기', '서로 등 두드리면서 안마해 주기' 등 게임을 하자고 제안했다. 하지만 직원들은 피곤하고 귀찮은지 하는 둥 마는 둥 했다. 조금이라도 분위기를 띄워 보려고 "삼삼칠(3·3·7) 박수를 쳐 볼까요?"라고 했다. 그때 한 남자 직원이 인상을 팍 쓰면서 말했다.

"아, 유치하게!"

순식간에 분위기가 냉랭해졌다. 다들 눈을 피했고 어린 직원들은 내 눈치를 봤다. 왠지 모르게 사람들이 나를 비웃는 것 같은 느낌이 들었다. 동물원의 원숭이가 된 기분이었다.

"월요일이라서 다들 힘드시죠? 그럼 이만 끝낼까요? 새로운 한 주 힘차게 파이팅 하시자고요!"

이렇게 말하면서 겨우 시간을 마쳤다. 그리고 자리로 돌아왔는데 절로 고개가 푹 숙여졌다.

'다들 속으로 나를 무시하고 있었던 것일까. 나는 아무리 노력해 봐야 결국 출발점이 다른 사람일 뿐일까.'

그동안 사람들 앞에서 웃고 떠들면서 CS 교육을 하기 위해 노력했던 일들이 우습게 여겨졌다. 그런 나를 모두 유치하다고 여겼을까 생각하니 견딜 수 없는 심정이 됐다.

그때 '딩동' 하면서 이메일 알림이 울렸다. 인트라넷을 보니 이메일이 와 있었다. 아까 유치하다고 했던 그 남자 직원이었다.

"형님, 죄송해요. 제가 생각이 짧았습니다."

길지 않은 내용이었지만 그 사과의 글을 읽자마자 얼었던 마음이 금세 녹았다. 언제 그랬냐는 듯 전부 원망스럽고 밉던 마음도 사라졌다.

다음 날도 나는 다시 CS 교육을 진행했다. 그 뒤로 그 남자 직원은 의식적으로 더 열심히 내 동작과 구호를 따라 하곤 했다. 다른 직원들도 늘 나를 격려해 주고 최대한 협조해 줬다.

그렇게 CS 리더 역할을 계속하면서 내 성격은 점차 활발해졌다. 지점에서 고객들에게 밝게 인사하고 먼저 말을 거는 것을 어색해하지 않게 됐다. 은행원에게 꼭 필요한 자질을 얻게 된 것이다.

2002년 12월 전사적으로 열린 'CS 경진대회'에 참가하기도 했다. 우리 지점의 장점과 좋은 사례를 7분 분량으로 발표하는 대회였다. 직원들과 브레인스토밍 회의를 해서 아이디어를 짜고, 내가 다녔던 서울과학기술대 신택현 교수님의 자문을 받아 준비할 때까지만 해도 즐겁기만 했다.

막상 대회 당일이 되자 자꾸 긴장이 됐다. 단상에 올라 행장님과 600여 명의 청중을 바라보고서야 나는 '내 평생에 이런 큰 무대에 서 본 일이 한 번도 없다'는 것을 새삼 깨달았고 손이 떨리기 시작했다. 설상가상으로 준비한 발표 내용 메모지를 강의대에 잘못 놓아 펄럭펄럭 떨어져 버렸다.

아주 짧은 순간, '이대로 내려가야 하나?' 하는 생각이 스쳤다. 그때, 희한하게도 오기가 솟았다. 어차피 발표 내용은 다 외우고 있었다. 허리를 꼿꼿이 세우고 청중을 차분하게 바라보자 어디 그런 배짱이 있었나 싶게 말이 술술 풀어져 나왔다. 그렇게 이야기하듯 우리 지점의 사례를 전하자 청중들은 전에 없이 집중하고 호응해 줬다.

우리 지점은 이 대회에서 4위를 기록했다. 아깝게 3위 안에는 들지 못했지만 전국의 12개 팀 가운데서, 내가 CS 리더가 된 첫해에 받아 든 성과였기 때문에 충분히 자랑스러웠다.

이때는 전혀 몰랐다. 나중에 더 많은 사람들 앞에 서는 날이 온다는 것을. 다른 것도 아닌 '나 자신의 이야기'를 하고 뜨거운 박수를 받게 된다는 것을 말이다.

꿈을 이룬다는 것은 이렇다. '오래오래 행복하게 잘 살았습니다'로 끝나는 게 아니다. 오랜 시간에 걸쳐 어렵게 성취할수록 그 뒤에 어려움이 따라온다. 늦게 시작한 탓에 계면쩍을 때도 있고 무시당할 때도 있다.

하지만 그러면 어떤가? 그 정도에 절망할 거였다면 이 자리에 오기까지의 어려움은 견디지도 못했을 것이다.

아무리 노력해도 꿈을 이룰 수 없을까 봐 두려웠던 날들에 비하면, 무시당해 부끄러운 것 정도는 별로 대단한 일도 아니다. 그런 자극 덕분에 나태해지지 않고 더 노력해서 '무늬만' 은행원이 아닌 '진짜' 은행원이 될 수 있었으니 고마운 일이라고도 할 수 있었다.

• • •

"삶의 가장 큰 영광은 결코 넘어지지 않는 데 있는 것이 아니라
넘어질 때마다 다시 일어서는 데 있다."
– 故 넬슨 만델라 남아공 전 대통령 –

Achieve a dream with passion

Part 2

왜 그토록
은행원이 되고
싶었을까?

열다섯 살부터
늘 찾아 헤맨 것

나는 왜 그토록 은행원이 되고 싶었을까? 그 이유를 묻는 질문을 종종 받는다. 어려서부터의 꿈이었거나, 주위에 본받고 싶은 은행원이 있었거나, 부모님의 바람이었거나, 그런 이유들이었다면 그럴듯하겠지만 그중에는 정답이 없다.

1983년 기업은행에 운전기사로 들어갔을 당시만 해도, 내가 원하는 건 그저 한시바삐 운전기사로 자리 잡는 것이었다. 그 이상으로 뭘 꿈꿔야 하는지도 몰랐다.

전남 영암의 시골에서 태어나 자란 내게는 열다섯 살 때 1년간 서울에서 일한 경험이 있다. 집안 사정이 어려워 일찌감치 스스로 고교 진학을 포기했었지만 가슴속에는 상실감과 패배감이 있었다.

친척분의 소개로 서울 자양동 노룬산 근처의 플라스틱 공장에서 일하게 됐었는데, 낯선 환경, 허름한 숙소, 고된 공장일보다 더 힘든 것은 미래가 없다는 것이었다.

한번은 공장 형들과 함께 영동대교 근처 공터로 놀러 나갔다. 사귀는 아가씨를 데려온 형들도 있었는데, 가끔 연애편지 심부름도 했던 나는 젊은 남녀가 함께 있는 모습이 보기 좋아 흐뭇하게 바라봤었다.

그때 지나가는 사람들이 하는 말을 들었다. "공돌이, 공순이들이 연애도 하고, 좋~겠네!"

비아냥과 무시, 편견이 덕지덕지 묻은 그 한마디에 나는 기분이 확 상하고 말았다. 그 뒤로도 그 말은 계속해서 귓가를 맴돌며 나를 안으로 움츠러들게 했다.

형들 중에는 술 마시고 싸움하는 것으로 시간을 허비하는 사람도 있었다. 성품이 좋은 사람도, 기술이 뛰어난 사람도 있었지만 단지 그뿐이었다. "여기서 돈 벌면 뭐 할 거예요?" 하고 물어도 제대로 대답하는 사람이 드물었다.

어느 날은 공장에서 일하던 기술자 한 명이 무엇 때문인지 화가 나서 망치를 휙 집어던졌는데 내 쪽으로 날아왔다. 다행히 얼굴은 피했지만 오른쪽 어깨를 다쳤다. 시퍼렇게 멍이 들었고 한참 동안이나 어깨가 아파서 고생했다.

술에 취해 낄낄대며 싸우곤 하는 형들 사이에서 아픈 어깨를 끙끙 앓으며 새우잠을 잘 때도, 내게 가장 힘들고 견디기 어려웠던 것은 험한 환경 자체가 아니었다. 여기서는 기술을 배울 수 없다는 사실이었다. 공장에서 내가 하는 일은 '시다', 즉 잔심부름과 자재 정리를 하는 잡부에 지나지 않았다. 별다른 기술도 필요 없는 단순한 공정이었고, 기술이 있다 해도 내게 가르쳐 줄 사람이 없었다.

그때, 열다섯 나이로 보낸 1년여의 서울 생활에서 나는 '목표 없는 삶'의 답답함을 뼈저리게 느꼈었고, 그때 새겨진 마음은 지금까지 이어지고 있다. '시간을 허비하고 싶지 않다. 미래를 위해 노력하는 사람이 되고 싶다.'는 마음이다.

그 시절이 내게 준 교훈은 한 가지가 더 있다. 바로 '해고'를 당함으로써 얻은 교훈이었다.

당시 내게 유일한 낙은 매달 둘째 주와 넷째 주 토요일마다 정릉 고모 댁에 가는 것이었다. 고모 댁에 할머니가 계셨는데, 할머니께서는 내가 갈 때마다 "우리 장손 왔구나!" 하시며 무척 예뻐해 주셨다.

그날도 토요일이라 퇴근 시간만 기다리고 있었다. 어서 일을 끝내고 서둘러 고모 댁으로 갈 생각만 가득했다. 그런데 공장장이 내게 새로운 일을 시켰다. 그때는 토요일도 퇴근 시간이 오후 7시였는데 이미 그 시간이 지나 있었다. 부아가 치밀었다. 도저히 일이 손에 잡히지 않았다. 씩씩거리던 나는 일을 제대로 마무리 짓지 않고 고모 댁으로 가버리고 말았다.

일요일까지 잘 쉬고 월요일에 공장으로 갔더니 냉혹한 현실이 나를 기다리고 있었다. 공장장이 나를 다른 공장으로 보내버린 것이다. 말을 잘 안 듣는다는 이유로 공장에서 내보낸 것이니 해고를 당한 것이나 다름없었다.

'나는 언제 어디서든 갈아치워 대체될 수 있는 부품일 뿐이구나!'

공장에서, 아니 세상에서 나라는 사람이 어떤 위치에 있는지, 어떤 가치로 평가되고 있는지를 절실하게 깨달았다.

해고된 그날에는 치기 어린 행동에 대한 후회와 수치심과 허탈함과 막막함 등 수많은 감정에 파묻혔었지만 시간이 지날수록 그 생각이 진하게 남았다. 그때는 아직 또렷이 깨닫지는 못했지만 '대체될 수 없는, 나만의 기술과 실력이 있는 사람이 되고 싶다.'는 열망을 가슴속에 품은 것이었다.

훗날 은행원이라는 꿈을 만나서 '바로 이거다'라고 확신하게 된 데는 열다섯 살 때의 이런 경험들이 작용한 듯하다.

지금도 그렇지만 은행원은 '신뢰가 가는 사람', '신원이 확실한 사람', '반듯한 사람'이라는 이미지를 가지고 있다. 무엇보다 IMF 금융 위기 전까지만 해도 은행은 '안정된 직장'의 대명사나 다름없었다.

처음 은행원을 목표로 삼았을 당시 내게는 '가능한 목표냐, 아니냐?'라는 점은 중요하지 않았다. 오히려 거의 불가능해 보이기 때문에 그 꿈을 향해 발버둥쳐 나아가고 싶었다. 한시도 쉴 틈이 없이 노력하고 또 노력해야 이룰 수 있는 목표를 가지고 싶었던 것이다. 그래서 시간을 허비하지 않고, 나의 가치를 높여가는 데 오롯이 투자하기를 원했다.

은행 보일러기사로, 기술계 행원으로, 창구 담당 직원으로 일하면서도 두 곳의 대학을 다니고, 기술과 금융 관련 무수한 자격증을 취득한 것은 그런 노력의 결과였다.

그런 점에서, 열다섯 살 이후로 늘 찾아 헤맸던 그 목표를 스물넷에라도 발견한 것은 큰 행운이었던 셈이다. 아쉬운 것은 귀중한 청소년기에는 그런 목표가 없어 시간을 알뜰히 쓰지 못했다는 점이다.

진짜 하고 싶은 일,
'내 일'은 뭘까

다른 공장으로 옮긴 뒤 한동안은 어디다 마음을 두어야 할지 갈피를 잡지 못했다. 그러다 한줄기 빛처럼 어떤 모습이 눈에 들어왔다.

같이 일하는 형들 중에는 오후 4시만 되면 교복을 입고 어디론가 나서는 사람이 있었다. 작업복을 교복으로 갈아입고, 교모를 쓰고 공장 밖으로 나가는 모습이 참 당당해 보였다. 알아보니 야간 고등학교를 다니고 있었다. 막연하게 '멋지다!'라고만 여겼었는데, 앞길이 막막해진 순간 머릿속에 그 교복 입은 모습이 선명하게 떠올랐다.

나는 당장 아버지께 편지를 썼다. "지난 1년간 일해서 모은 돈으로 고등학교에 다니고 싶다."는 내용이었다. 한 번도 의견을 강하게 주장해 본 적이 없던 장남이 처음으로 간곡하게 부탁을 해서인지 부모님께서는 선뜻 동의해 주셨다. 내 인생에서 처음 가져 본 열망이 '고등학교에 다니는 것'이었던 셈이다.

고향에 처음 돌아갔을 때는 마냥 좋았다. 친구들도 다시 만났고, 학교에 다니는 시간이 그렇게 소중할 수 없었다.

그러나 공부는 만만치 않았다. 서울에 가 있는 동안 공부를 쉬어서 따라가기 어려웠고 수학, 영어 등 주요 과목의 기초가 부족한 것도 문제였다. 독하게 마음먹고 파고들어서 성적을 상위 그룹으로 끌어올린 적도 있었지만 계속 유지하지는 못했다.

근본적인 문제는 고등학교를 졸업한다고 해도 미래가 별반 달라질 게 없다는 것이었다. 어차피 대학에 갈 형편은 안 됐기 때문이었다. 그렇게 생각하니 공부에 의욕이 나지 않았다.

고등학교 3학년이 되면서 자연스레 취업반으로 갔다.

선생님께서 내게 장래희망을 물었을 때는 망설이다가 "서울에 가서 장사를 하겠다."고 했다. 그냥 입에서 나오는 대로 답한 것이었다. 실은 한 번도 장사가 적성에 맞다는 생각을 해본 적이 없었다.

진짜 하고 싶은 것이 뭔지 곰곰이 생각을 해 봐도 잘 알 수가 없었다. 현실을 떠나서 그냥 하고 싶은 직업을 굳이 꼽는다면 의사가 되고 싶었다. 의사가 돼서 늘 아프신 어머니를 건강하게 해 드리고 싶었다. 그러나 그건 너무 멀고 엄두가 나지 않는, 말 그대로 '꿈'일 뿐이었다.

그렇게 고등학교를 졸업했다. 열다섯 살 때나 그때나 달라진 게 없었다. 시골 고등학교 졸업장을 손에 쥔 것이 유일한 차이였지만 어디에 내밀어야 할지도 몰랐다.

친구들은 하나둘 서울로 부산으로 일자리를 찾아 떠나고 있었다. 지인의 소개로 일을 찾은 경우가 대부분이었다. 주위 사람들이 어떤 직업을 가졌느냐에 따라 진로가 결정되는 셈이었다.

"공무원 시험이라도 보라!"는 부모님의 성화에 교정직 공무원 시험을 보려고도 했다. 하지만 시험 당일 아침에 설사병이 나서 광주에 있던 시험장에 가지 못했다. 며칠

전부터 기도를 하며 신경을 쓰셨던 어머니는 무척 속상해 하셨다. 죄송한 마음이 들었지만 어차피 합격하지 못했을 것이라고 내심 생각했다.

나주의 한국전력 영업소에서 일하시던 친척 형님 밑에서 급사로 일한 적도 있다. 나름대로 편한 일이었지만 갑갑한 마음이 들었고, '내 일'이라고 여겨지지가 않았다.

마음 한구석에는 '다시 서울로 가야 한다'는 생각이 자라고 있었다. 결국 나는 다시 서울행 기차를 탔다. 이때 내 상태는 열다섯 살 때보다도 못했다. 막연한 희망조차도 없이, 표류하듯 서울로 떠내려간 것이나 다름없었다.

서울에 올라와 보니 역시나 갈 곳이 없었다. 일자리를 찾는 것은 생각보다도 더 어려웠다. 이곳저곳 기웃거려 봤지만 '저리 가라!'는 손짓 하나에 움츠리며 물러날 수밖에 없었다. 그런 내 모습이 한심했고, 점점 더 불안해졌다.

불안의 실체는 '열다섯 살 때 떠나온 그곳으로 돌아갈 수밖에 없는 게 아닐까?' 하는 것이었다. 그것만은 피하고 싶었다. 꿈을 안고 떠나오던 그날의 희망찬 발걸음을 생각하면 다시 돌아가는 것만한 불행도 없었다.

　그러나 방법이 없었다. 아무 데도 취업할 곳이 없자 점점 내 발길이 공장 쪽으로 향하기 시작했다. 구로공단 등을 돌고 돌다가 결국 방배동의 플라스틱 공장에 취업을 했다. 1년여의 경력도 인정됐고 사장님과 공장 사람들도 나를 좋아했다. 특히 "너는 성실하고 붙임성이 있어서 나중에 잘될 거야!"라고 늘 격려해 주던 경리 누나가 기억에 남는다. 그럼에도 '공장으로는 절대 오지 말자고 그렇게 다짐했건만….' 하는 씁쓸함을 지울 수는 없었다.

　그곳에서 일하는 동안 계속해서 다른 기회를 찾았다. 동료들과 아무리 친하게 지내도, 고급 기술을 습득할 기회가 주어져도 늘 '여기는 내 삶의 종착지가 될 수 없다.'고 속으로 못을 박곤 했다.

　그렇게 신경을 곤두세우고 있다 보니 기회 한 자락이 손에 잡혔다. 일을 끝내고 근처 공사장의 임시 식당에서 밥을 먹고 있었는데 주인 아주머니께서 "이 군은 성실해 보이는데 왜 밥 먹고 살기도 쉽지 않은 일을 해?"라고 말씀하셨다.

"내가 목수일 하는 사람을 소개해 줄 테니 한번 만나볼래?"

그때는 건설 호황기여서 목수는 아주 인기 있는 직종이었다. 플라스틱 공장 월급보다 두 배는 벌 수 있었다. 또 내 기억 속에 목수는 귀에 연필을 꽂고 일하는, 전문적인 이미지였기 때문에 얼른 아주머니께 "네, 소개해 주세요!"라고 부탁했다.

그렇게 만난 '이 씨'라는 분은 말투는 어눌하지만 기술만큼은 현장에서 확실히 인정받는 분이었다. 그분을 따라 강남 고속버스 터미널 앞 공사장에서 '데모도'(기술자의 보조)로의 첫발을 내디뎠다.

1970년대 말, 고속터미널 앞은 허허벌판이었다. 문짝 나르는 일부터 시작해서 틈틈이 톱질과 대패질을 배웠다.

아파트, 상가, 단독주택 등 현장을 다니면서 목수뿐 아니라 미장, 창호 등을 전문으로 하는 사람들도 만났다. 일당제로 벌었지만 이전보다 훨씬 수입이 좋아서 돈 모으는 재미도 쏠쏠했다. 그러나 '내 일'이라는 생각은 여전히 들지 않았다.

한 번은 이런 일도 있었다. 고속버스터미널 근처 공사장에서 일을 하는 동안 마음 맞는 목수 형과 방배동에 있는 자취방을 구해서 묵었다.

5월 초, 봄비가 추적추적 내리는 날이었다. 하루 일을 마친 뒤 지친 몸을 이끌고 잠자리에 들었다. 새벽쯤인지 머리가 너무 아파서 잠이 깼는데 몸이 마비된 듯 움직일 수가 없었다. 옆에 누운 형은 코를 골며 자는 줄 알았는데 가만히 보니 숨을 멈췄다가 힘겹게 토해내기를 반복하고 있었다. 머리가 어지럽고 몸이 방바닥에 붙은 듯 무거웠다.

'죽음'이라는 단어가 스쳤다. 부모님 얼굴이 지나갔다. 가까스로 몸을 일으켜서 형을 깨웠다. 일어나지 못하고 괴로워하면서 "머리가 아파. 몸이 안 움직여!" 하는 걸 보니 나와 증세가 비슷했다. 시계를 보니 시간은 이미 오후 1시를 지나고 있었다.

연탄가스에 중독된 것이었다. 나중에 들으니 형이 전날 밤 늦게 들어와서 보니 연탄불이 꺼져 있어서 새로 피웠다고 했다. 그때는 연탄가스 중독으로 죽는 사람이 허다했다.

그러고 보니 밤에 자다가 갑갑해서 비몽사몽간에 문을

발로 차서 열었던 것이 기억났다. 그때 도로 닫히지 않고 열린 문틈 덕분에 우리 둘은 목숨을 건진 것이었다. 그날 하루는 둘 다 일을 나가지 못했지만 다행히 병원 치료도 받지 않고 회복됐다.

생각해 보면 건설 현장에서 일하다 아차 하는 순간 죽거나 다칠 만한 상황이 항상 있었다. 지금에 비해 안전 설비나 보호 장구도 거의 갖춰지지 않았다. 그런 가운데서도 크게 다친 일 없이 그 시간들을 잘 지나온 것을 생각하면, 그래서 건강하게 살아올 수 있었던 것을 생각하면 감사한 마음에 저절로 고개가 숙여진다.

부질없는 꿈이라도
꾸어야 한다

아마도 갓 스물이었던 내가 그때의 목수 일에 만족할 수 없었던 주된 이유는 '멋있는 일'이 아니라는 점 때문이었을 것이다.

'전문성'은 쌓을 수 있을지 몰라도 철새처럼 현장을 찾아 떠돌며 일하고, 숙식은 현장에서 해결하기 일쑤인 일상생활이 내 이상과는 맞지 않았던 것이다.

공사장 일은 비오는 날이면 무조건 쉴 수밖에 없는데, 어느 날 추적추적 내리를 비를 보며 앉아 있자니 가슴이 꽉꽉 막히는 듯 갑갑했다.

'이 인생도 역시 내가 꿈꾸던 것이 아니었다.'는 생각에 이르자 오랜만에 가만히 마음속을 들여다보게 됐다.

'어떻게 살까? 어떤 직업을 가지면 좋을까?'

의사, 한의사, 공무원…. 책이나 영화에 나오는 수많은 종류의 직업들이 머릿속을 스쳤다. 그러다 피식 웃고 말았다. 공사장 구석에 앉아 비를 피하는 내 현실과 너무 동떨어진 그림이었기 때문이었다. 거리가 멀어도 너무 먼 부질없는 꿈으로만 여겨졌다.

그러나 그런 생각이 가치 없는 것은 아니었다. 피터 드러커가 말한 것처럼 '먼저 꿈꾸지 않는다면 그 어떤 일도 일어나지 않기 때문'이다.

그해 추석이 지날 즈음, 귀가 솔깃한 정보를 얻었다. 중장비 학원을 수료하면 기술지원병으로 군에 입대할 수 있다는 것이었다. 어차피 군에는 가야 했고, 군에서 중장비 기술을 배울 수 있다면 좋겠다는 생각이 들었다.

'중동에 가서 목돈을 벌 수 있다면, 인생이 달라질 수도 있으리라.'

새로운 꿈이 생기자 가슴이 벅차왔다. 기대할 만한 내일이 있다는 자체가 희망이었다. 당장 용산에 있는 군 특기병 기술학원에 등록했다. 그리고 학원 수료와 동시에 군대에 지원했다.

그렇게 해서 1979년 4월 20일, 군에 입대했다. 아쉽게도 중장비 기술 병과는 아니고 발전병 보직을 받게 됐다. 중동의 꿈이 멀어져 한동안 괴로웠지만 전체적으로 봤을 때 군대는 내 삶에서 중요한 역할을 했다.

가장 좋았던 점은 군대에서 기독교 외 다른 종교를 두루 접할 수 있었던 것이었다. 모태신앙으로 기독교 집안에서 자랐지만 이때 경험한 종교 교리들은 정신을 성숙하게 해주었고, 그 덕분에 젊은 혈기와 경솔한 생각들을 누를 수 있었다. 탈무드와 문학작품 등 책을 폭넓게 읽을 수 있었던 것도 다른 사람들은 어떤 생각을 하면서 사는지, 어떻게 하면 잘 대화할 수 있을지를 고민하던 내게 도움이 됐다.

또 하나 의미 있었던 것은, 상명하복의 위계 문화가 합리적이지 않다는 것을 배운 것이다. 당시 군대는 '얼차려'가 심했기 때문에 이등병 시절 선임들에게 많이 맞아야 했다. 나는 '선임이 되면 절대로 저들처럼 굴지 않으리라.'

하고 다짐했다.

실제로 병장이 된 뒤에 그 다짐대로 했다. 다른 선임에게 심하게 얼차려 받는 후임들을 감싸고 보호해 주려고 했다. 그러자 후임들과의 유대감이 더 생겼고, 무섭게 하는 선임들보다 내 말에 후임들이 더 잘 따랐다.

이때의 경험은 나중에 은행에서 크게 도움이 됐다. 위계 문화에 대한 회의와 반감을 일찍이 겪어봤기 때문에 은행에서 보직에 따른 신분 차이를 느꼈을 때도, 나보다 어린 나이의 상사 밑에서 일해야 했을 때도 그 위계에 비교적 덜 눌릴 수 있었다. 그리고 시간이 지나서 책임자가 됐을 때도 직원들과 더 생산적인 소통을 할 수 있었다.

드디어 제대하는 날, 내가 탄 버스가 연병장을 나서는데 함박눈이 내렸다. 마치 군악대 연주에 맞춘 것처럼 날리는 눈송이는 나의 사회 복귀를 축하하는 것 같았다. 이제 사회에 나가면 뭐든지 할 수 있을 것 같다는 자신감이 가득했다.

그러나 막상 집에 돌아와 다음 날 눈을 떠 보니, 군에 가기 전과 달라진 것은 아무것도 없었다.

쳇바퀴 돌면서
조금씩 나아가다

그 사이에 우리 가족은 전남 영암에서 서울로 이사 와 있었다. 어머니께서는 없는 살림에 어떻게 돈을 아껴두셨는지 제대 첫날 나를 데리고 가서 감색 새 양복을 맞춰 주셨다. 어머니의 그 마음에 '이제 이 양복을 입고서는 공장 일이나 막노동 말고 번듯한 일을 하라!'는 뜻이 담겨 있다는 것을 알 수 있었다.

양복을 입고 집을 나서면서 '그래, 이제는 정말 이 옷을 입고 할 수 있는 일을 하자!'고 다짐했다.

그러나 현실은 고등학교를 졸업하고 서울에 와서 할 일을 찾을 수 없었을 때와 한 치도 다르지 않았다. 무작정 취직할 데를 찾는 사람을 받아주는 곳은 없었다.

처음 양복을 입고 돌아다니다 전봇대에 붙은 구인광고를 보고 찾아간 곳은 한 출판사였다. 숙식을 제공하는 영업직이었다. 집집마다 다니면서 전집과 아동 서적을 파는 일인데, 처음에는 괜찮을 것 같았는데 막상 시작하니 영 내 적성에 맞지 않았다.

따져 보면 이맘때쯤 한 일 중에서는 이 일이 나중에 은행원이 돼서 한 일과 가장 비슷했다. 금융 상품을 설명하고 판매하는 일은 영업직이라고 할 수 있기 때문이다.

그런데 그때는 책 판매가 그렇게 쑥스럽고 어색할 수가 없었다. 남의 집 초인종을 누르는 것 자체부터가 영 힘들었다. 가장 괴로웠던 것은 자식들을 위하는 부모의 마음을 이용해야 하는 것이었다. 책을 팔러 주로 다녔던 지역이 길음동, 미아동 쪽이었는데 판자촌, 단칸방이 많았다. 선배들은 뻔히 눈에 보이는 집안 사정은 아랑곳 않고 전집을 팔았다. 강매나 다름없을 때도 많았다. 그들의 논리는 "자식을 잘 키우려면 먹는 것, 입는 것보다 책에 돈을 써야 한다."는 것이었다. 물론 진짜로 그 책을 보고 훌륭하게 자란 아이들이 있을지도 모르지만, 나는 그런 논리에 넘어가서 책을 사는 사람들을 보는 것이 가슴 아팠다. 그렇게 내 가치관과 맞지 않는 일이라는 판단이 들자 더 다닐 수가 없었다.

출판사를 그만둔 후에도 여러 가지 일을 해봤다. 친척의 소개로 인쇄소 공장에서도 일해보고, 전자회사에 잠시 다니기도 했다. 세운상가 앞 가게에서 점원으로 일하기도 했다.

그러는 동안에도 '이 일은 내 일이 아니다.'라는 생각은 계속됐다. 군대 가기 전 공사장에서 막연히 '멋진 일'을 꿈꿨던 데 비해 이제는 '화이트칼라 사무직'이라는 좀 더 구체적인 희망사항이 생겼지만, 주변에 그런 일에 종사하는 사람이 아무도 없었기에 그쪽으로 진출할 방법을 알지 못했다.

취직이 안 돼 답답한 마음으로 무작정 버스를 타고 시내를 돌아다니던 중 제3한강교 근처의 아파트 건설 현장이 눈에 들어왔다. 부랴부랴 버스에서 내려서 찾아간 뒤, 한참을 공사장 주변에서 기웃거리며 현장을 파악했다.

다음날 예비군복을 입고 십장을 찾아갔다. 호리호리한 내 몸을 보면서 "할 수 있겠어?"라고 묻는 십장에게 목수 잡부 경험이 있다면서 열심히 하겠다는 의지를 보였다. 다행히 십장은 반신반의하면서도 일자리를 내줬다.

그렇게 결국 쳇바퀴 돌 듯 공사장으로 돌아갔다. 플라스틱 공장에서 나와 플라스틱 공장으로 돌아갔던 것처럼 공사장에서 나와서 다시 공사장으로 돌아가는 일이 또 일어난 것이다. 이번에도 마찬가지로 누구의 강요도 없이 내 발로 찾아간 것이었다. 도저히 다른 길이 없었기 때문이다.

이번에는 미장 일을 돕는 잡부로 일했다. 새벽 5시 30분에 일어나 7시부터 일을 시작했고, 한 달 30일 중에서 비오는 날을 제외하고 27일 가량을 만근했다. 하루 종일 삽질과 등짐 지는 일을 하고 집에 오면 파김치가 되고 허리가 아파 끙끙 앓았다. 그러고도 다음 날 아침 5시 30분에 어김없이 일어날 수 있었던 건 오로지 어머니께서 해주시는 찜질 덕분이었다. '다시는 막노동 하지 말라!'는 뜻

으로 양복까지 맞춰 주셨던 어머니셨지만 잔소리를 하지
는 않으셨다. 하고 싶어 하는 게 아닌 걸 아셨기 때문이리
라.

　하루는 큰외삼촌께서 "운전을 배워서 택시기사가 돼 보
는 것은 어떠냐?"고 물으셨다. 예전에 교사였던 외삼촌께
서도 개인택시를 몰고 계셨다.
　나는 그 말에 속으로 '내가 왜 그 일을 해야 해?'라고 생
각했다. 겉으로 말했으면 철이 없다는 소리를 들었을 것
이다. 취직자리를 찾지 못해 막노동을 하고 있으면서 택
시기사를 우습게 생각한다면 기가 찰 노릇이기 때문이다.
그러나 택시기사가 우스웠던 것이 아니다.
　어느 날이었다. 그날도 비가 와서 일을 쉬었다. 뼈대를
올리고 있는 아파트 15층 난간에 앉아서 한강을 바라보면
서 '내 일이란 게 대체 뭔가?' 생각했다. 저절로 한숨이 나
왔다.
　'왜 나는 취직할 능력도 없으면서 갈 수 없는 자리만 꿈
꾸고 있을까?'
　스스로도 알 수 없었다.

그렇다고 '화이트칼라 사무직'만을 고집한 것만은 아니었다. 한 번은 도장(페인트칠) 일을 본격적으로 배워야겠다는 계획을 세웠다. 그 일을 배우면 미국에 가서 살 수 있고, 본인 노력에 따라 얼마든지 돈을 벌 수 있다는 말을 들었기 때문이었다. 군대 가기 전에 중동으로 가고자 했던 것도 생각나고, 아버지께서 젊어서 일본에 징용 가서 돈을 벌어 오셨다는 얘기도 생각났다.

평소 사무직을 희망하던 것과 방향은 달랐지만 페인트공은 어쩐지 '멋진 직업'에 속하는 것으로 생각됐다. 공사장에서 페인트칠을 하게 되면 작업복에 페인트가 덕지덕지 묻어도 부끄럽지 않고 오히려 열심히 일하는 내 모습이 자랑스럽기도 했다. 아마도 그것은 '미국'이라는 꿈과 연결되기 때문이었을 것이다.

그때쯤 알게 된 어떤 사람이 "미국 비자를 받게 해 주겠다."는 말을 했다. 그는 양복을 정갈하게 차려입은 멋쟁이였고, 종로의 '진고개'라는 근사한 음식점에 데려가서 밥을 사 주기도 했다.

맨날 공사장 밥만 먹다가 그런 대접을 받으니 판단이 바로 될 리가 없었다. 순진하게 꿈에 부풀어서 비자 발급 수수료 명목으로 얼마의 돈을 건넸다.

그 뒤 한참을 기다리는데 아무런 연락이 없었다. 편지도 써봤지만 답이 오지 않았다. 일을 쉬는 날 수소문을 해서 그가 알려준 옛 서울지방경찰청 옆 2층 건물의 사무실로 찾아갔다. 전혀 그의 흔적이 없었다. 그제야 수상한 느낌이 들었다.

다시 수소문을 해서 집으로 찾아갔다. 한참 기다리다가 발길을 돌리려는 순간에 그의 부인인 듯한 여자가 어린아이를 업고 집에서 나오는 것을 봤다. 묻지 않아도 사정을 알 수 있을 만큼 초라한 몰골이었다.

그대로 돌아올 수밖에 없었다. 취업사기를 당한 나도 불쌍했지만 그런 식으로 사기를 쳤다면 잘살기라도 해야 할텐데 처자식이 저렇게 사는 모습을 보니 그도 불쌍하다는 생각만 들었다.

그 일을 겪고서야 비로소 혼란과 불안의 소용돌이에서 조금 빠져나올 수 있었다. 건설 일을 하는 틈틈이 운전을 배우기 시작한 것이다. 운전기사도 내 꿈과 거리가 먼 직종이기는 마찬가지였지만 그래도 운전을 배워두면 쓸 곳이 있으리라고 생각했다. 그러면서 나도 모르게 어느덧 내 운명이 된 직장과 가까워지고 있었다.

• • •

"달팽이가 느리다고 달팽이를 채찍질하지 마십시오.
우리가 행복이라 믿는 것은 행복이 아니라
어리석은 욕심일 때가 대부분입니다.
우주의 시계에서 달팽이는 결코 늦지 않습니다."

– 정목 스님 –

Achieve a dream with passion

Part 3

스물넷 –
운전기사가
되다

어이없이
해고당하지 않으려면

　운전면허를 딴 뒤 공사 일을 하면서 새벽과 저녁 시간을 활용해 큰외삼촌의 도움과 지인의 봉고차로 틈틈이 운전을 연습했다. 어느 정도 손에 익자 직업 소개소에 찾아갔다. 자가용 운전사로 취업하기 위해서였다.

　처음 소개받은 곳은 서울 갈현동 어느 사장님 댁이었다. 차는 '포니'였다. 승용차를 운전해 본 것은 처음이었던 데다가 실수하면 안 된다는 생각에 잔뜩 긴장이 됐다. 사장님은 땀을 삐질삐질 흘리며 주차된 차를 빼는 모습을 보고는 "아직 미숙해서 못 맡기겠네!" 하며 퇴짜를 놓았다.

차를 제대로 몰아보기도 전에 잘린 것이다.

다시 소개받은 일은 폐유 정제 회사의 2.5t 트럭을 모는 일이었다. 여러 학교를 다니며 폐유를 수거하는 그 트럭을 얼마간 몰았다.

그다음으로 일한 곳은 학동 소재의 쌍용자동차 타이어 대리점이었다. 운전기사 겸 판매사원으로 일했다. 성남이나 동두천 등, 한창 건물이 올라가던 수도권의 거래처들에 타이어 납품하는 일을 주로 했다.

이 일은 지금까지의 일 중에서 그나마 제일 마음에 들었다. 얼마 전까지 공사장 인부, 트럭 운전수로 작업복을 입고 일하다가, 월급을 받으면서 깨끗한 옷을 입고 일하는 것만으로도 좋았다. 기본급 외에 실적을 올린 만큼 수당을 받을 수 있는 것도 만족스러웠다.

그때까지만 해도 내성적이고 남 앞에 잘 나서지 못했던 내게 영업일이 쉽지는 않았다. 그래도 그동안 책 방문판매와 청계천 점원 생활 등을 경험한 것이 나름 도움이 됐는지 감당할 만했다.

살아오면서 처음으로 일하는 데 흥이 났다. 직원들 중에 가장 먼저 출근했고, 차량도 틈틈이 관리해 깨끗하게 유지했다. 거래처 확보 등의 일에도 적극적으로 나섰다. 그러다 보니 자연히 사장님의 눈에 들어 신임도 받게 되었다.

 그러나 이 생활은 길게 가지는 못했다. 얼마 못 가 해고를 당한 것이다. 차를 몰고 거래처에 찾아가던 중, 목적지 건물을 막 지나치고서야 알아차리는 바람에 2차선에서 급히 우회전을 하다가 뒤에 오던 버스와 충돌 사고를 냈다. 사람은 다치지 않은 경미한 사고였다. 문제는 사장님에게 '한 번 사고를 낸 운전자에게는 그 차량을 다시 맡기지 않는다.'는 원칙이 있었던 것이다. 사고 낸 운전자는 그 차와 궁합이 맞지 않는다는 식의 징크스 때문이었다. 요즘에도 문제 삼을 만한 해고 사유지만 그때도 사장의 결정에 토를 달 수 없었다.
 "그간 열심히 일하는 걸 봐서 나도 안타깝지만 어쩔 수 없네."
 그 말과 함께 내미는 정산된 월급봉투를 받아 갖고 나오는데 마음이 그렇게 쓰릴 수가 없었다.
 집으로 돌아가며 곰곰이 되짚으니, 싣고 가던 타이어가

온 도로 위로 널브러져 이리저리 굴러다녔던 사고 장면의 충격과 생전 처음으로 신나게 일했던 기억들, 어려서 플라스틱 공장에서 해고당하고 다른 공장으로 가던 때의 심정까지 한꺼번에 되살아나 참담했다.

다행이었던 것은, 나를 해고했던 사장님들에 대한 원망으로만 생각이 흐르지는 않았다는 것이다.

앞으로 어떤 직업을 찾든, 얼마나 열심히 일하든, 자의로든 타의로든 언제든지 해고를 당할 수 있다는 현실을 직시하게 된 것이다. 동시에 '어떻게 하면 그렇게 허무하게 잘리지 않을 수 있을까?'를 고민하기 시작했다.

"내가 제 몫을 빈틈없이 했다면, 그 직장에서 아무도 무시 못 할 만큼 핵심적인 인력이 됐다면 나를 그렇게 해고하지는 못할 텐데…."

이 생각은 이후 사회생활을 하는 내내 직업관의 중심이 됐다.

운명의 직장에
들어가다

　다음으로 찾은 일도 역시 운전기사였다. 깔끔하게 와이
셔츠를 입고, 손에 더러운 것 묻히지 않고 하는 이 운전일
이 그래도 내게는 가장 만족스러운 일이었다. 막연하게 꿈
꾸던 '화이트칼라'와 비슷한 삶을 산다는 착각도 들었다.

　청량리에서 물건을 만들어 백화점에 납품하는 개인 사
업장의 운전기사로 일했는데, 이때도 맡은 일만 하지 않
고 할 만한 일을 먼저 찾아서 했기 때문에 금세 사장님의
총애를 받았다.

　'이제 그만 안주할까?' 싶어졌다. 이렇게 성실하게 일하

면서 착실하게 돈을 모아 가정을 이루고 살면 되는 게 아닐까 하는 생각이 들었기 때문이다.

그런 한편, 아직도 더 찾아보고 싶기도 했다. 진짜로 몰두하고 열정을 쏟을 만한 일, 하면서 나 자신이 성장할 수 있는 일, 다른 미래를 만들 수 있는 일이 어딘가에 있을 것 같다는 생각을 떨쳐 버리기 어려웠다.

그 일이 뭔지 방향이라도 알 수 있으면 준비를 해 볼 텐데, 그걸 전혀 모른다는 게 가장 답답했다. 그러던 중, 작은 외삼촌을 통해 기업은행에서 운전기사를 뽑는다는 소식을 들었다.

1983년, 스물넷의 나이로 IBK 기업은행 본점 비서실장의 운전기사로 취직한 것은 돌아보면 운명 같은 일이었다.

그때만 해도 나는 은행에 대해서는 문외한이었다. 그러나 '안정된 직장'의 대명사와도 같았던 은행에서 일한다는 것은 따져보나마나 매력적인 일이었다.

당시 은행은 본점뿐만 아니라 지점에도 운전기사를 두고 있었기 때문에 수시로 기사를 채용했다. 채용되면 은행 정식 직원으로 고정적인 월급을 받을 수 있었다.

채용 과정에서 먼저 실기시험을 봤는데, 현대자동차에서 나온 '마크파이브'라는 차에 면접관을 태우고 시내 주행을 해야 했다. 면접관은 "남산을 둘러보자!"고 했다.

식은땀이 절로 났다. 자가용 운전은 별로 해보지 못했고, 서울 지리에도 서툴렀기 때문이다. 게다가 마크파이브는 처음 운전해 보는 차종이었다.

클러치 조절이 익숙지 않은 게 가장 큰 문제였다. 언덕만 보면 시동이 꺼질까 봐 지레 겁을 먹었다. 또 신호에 걸려 멈춰 다시 출발할 때마다 차가 뒤로 밀리지 않도록 부드럽게 출발해야 한다는 데 무척 신경이 쓰였다. 그렇게 순간순간 긴장을 하다 보니 남산 한 바퀴를 도는데 온통 땀범벅이 되고 말았다.

면접관은 옆에서 내가 긴장하는 모습을 모두 본 터라, 나는 속으로 '영락없이 떨어졌군!' 하고 생각했다.

예상 밖으로 인사부에서 "면접을 보러 오라."는 연락이 왔다. 떨리는 마음으로 두 명의 면접관과 대면했다.

"체력이 약해 보이는데 잘할 수 있겠습니까?"

키 180㎝에 살이 잘 안찌는 편이라 지금도 마른 체형이라는 말을 듣는데, 그때는 더 심해서 몸무게가 65㎏ 정도에 불과했기 때문에 그런 질문을 받을 만도 했다.

"보기에는 이래도 건설 현장에서 부대끼며 단련한 체력과 깡이 있습니다. 체력에는 자신 있습니다. 무엇이든 맡겨주시면 자신감 있게 잘할 수 있습니다!"

최대한 우렁찬 목소리로 답했다. 마땅한 일자리가 없어서 이것저것 안 해본 일 없이 해 온 경력이 내가 내세울 수 있는 유일한 자산이었다.

다행히 면접관들께 좋은 인상을 줬는지 최종 합격을 할 수 있었다. 그때부터 IBK 기업은행에서 운전기사로 일했다. 7년여 동안 일곱 분의 비서실장을 모셨다.

내 인생에서 처음으로 가진 안정적인 직장이었다. 또한 이 시기는 내게 여러모로 중요했다. 무엇보다 이때 인생의 확실한 방향을 잡을 수 있었다는 점에서 그렇다. 이때 여러 임원들을 가까이서 대할 수 있었던 것은 나중에 은행원이 된 후 일하는 데도 큰 도움이 됐다.

이만하면
잘해 나가고 있는 걸까?

당장 일을 시작했을 때는 여러 고비가 있었다. 한동안 가장 큰 과제는 서울 지리를 완전히 익히는 것이었다. 열다섯 때 서울에 처음 올라왔었고, 고등학교를 졸업하고는 계속 서울에 산 셈이었지만 여기저기 떠돌며 여러 가지 일을 하느라 서울 지리를 익힐 기회가 없었다.

탤런트 이순재 씨의 동생이기도 한 故 이명재 이사님이 내가 처음 모신 비서실장님이셨다. 입사 직후에 그분을 만났던 것은 큰 행운이었다. 초기의 실수와 미숙함을 따뜻하게 감싸주고 용기를 주셨기 때문이다.

그분 자택이 수유리였는데, 한 번은 댁으로 모시러 가니 "롯데호텔에 행사가 있으니 그리로 가자!"고 하셨다. 차가 달리는 동안 내내 서류를 읽으시던 실장님은 문득 고개를 들어 창밖을 보더니 대번에 안색이 달라지셨다.

룸미러로 그 모습을 보고 나도 바로 잘못을 깨달았다. 롯데호텔이 아니라 신라호텔로 향하고 있었던 것이다. 당황해서 급하게 운전대를 틀었지만 행사 시간에 늦을 수밖에 없는 상황이었다. 그런데도 "죄송합니다."를 연발하는 내게 실장님은 화를 내기는커녕 "그럴 수도 있어. 괜찮아, 괜찮아!" 하고 오히려 격려를 해 주셨다.

기사들은 가끔 다른 기사 대신 차를 몰기도 하는데, 비서실장 기사는 은행장 차를 운전하는 경우가 종종 있었다. 한 번은 당시 이광수 은행장님 기사가 갑자기 못 나온 일이 있어서 운전을 하러 갔다. 처음 있는 일도 아니었는데 그날은 이상하게도 무척 긴장이 됐다. 게다가 그 차는 구입한 지 얼마 안 되는 새 차였다.

출발하기 위해 운전대를 잡았는데, 시동이 걸리지 않았다. 다시 해 보고 또 해 봐도 마찬가지였다. 이유를 알 수 없었다. 당황하니 아무런 생각도 나지 않았다. 어쩔 수 없이 다른 차를 이용해야 했다.

다른 차로 옮겨 타신 은행장님은 괜찮다고 나를 진정시켜 주시면서 어디론가 전화를 거셨다.

"오늘 운전하는 이 기사가 참 성실하고 괜찮은 친구인데 단지 경험이 부족할 뿐이니까 야단치지 마세요."

그렇게 두둔해주기 위해 차량 관리 부서장인 안전관리실장에게 전화를 하신 것이었다. 높은 자리에 있으면 아랫사람의 처지를 헤아리지 않을 만도 한데 그렇게까지 신경써 주시는 게 놀라울 뿐이었다.

만일 그때 모신 분들에게서 좋은 인상을 받지 못했다면 얼마 후 가지게 된 '은행원'에 대한 꿈이 그렇게 강렬하지 않았을지도 모른다. 당시 하루하루의 일상을 통해 나는 조금씩 은행원에 대한 동경과 기회가 되면 언젠가 꼭 저렇게 되고 싶다는 선망을 품게 됐다.

배려를 받다 보니 자연히 더 노력하게 됐다. 일이 끝나면 늦도록 지도를 보면서 지리를 익혔다. 그래도 헷갈리면 가야 할 행선지를 미리 다녀오기도 했다.

업무를 마친 비서실장님들을 댁 앞에 내려드리면 자택으로 들어가시기 전에 담배를 한 대 피워 무시는 경우가 많았다. 허공에 내뱉는 연기에 그분들이 종일 받은 스트레스와 고민이 담겨 있는 것 같았다. 그리고는 댁으로 들어가시는 뒷모습까지 지켜보면서 '내가 더 해드릴 수 있는 게 뭐 없을까?' 하고 고민하게 됐다.

아이디어가 하나 떠올랐다. 차를 타고 가는 동안이라도 기분이 좋아지시도록 취향에 맞게 음악을 준비해서 틀어드리자는 것이었다. 요즘 말로 '맞춤형 서비스'를 하기로 한 것이다.

그때는 음악을 카세트테이프로 틀었는데, 모시는 분이 좋아하는 노래만 따로 모아 녹음해서 하나의 테이프로 만들었다. 한국 대중가요, 경음악, 클래식, 추억의 팝송 등 좋아하는 취향은 다 달랐다.

그렇게 편집된 테이프로 좋아하는 노래만 연달아 들으실 수 있도록 하자 곧 반응이 왔다. 좋은 의도로 하는 일은 편견 없이 전달된다는 것을 그때 경험했다.

그 밖에도 최대한 타시는 분들이 불평할 일 없도록 눈치 빠르게 일하려 했더니 그 노력을 알아주시는 분들이 많았다. 입사할 때 면접관 중 한 분이셨던 김재만 이사님(당시 비서실장)은 "나는 네 팬이다."라고 말해주시기도 했다.

그 밖에도 차 안에 늘 껌을 준비한다든지 늘 신속하게 출발할 수 있도록 대기한다든지 내가 할 수 있는 노력은 최대한 기울였다. 그러자 인정도 받았고 업무에 자신감도 붙었다.

'이만하면 잘 해 나가고 있다.'는 생각에, 예전처럼 "이 일이 내게 맞는가?"라는 질문은 자주 떠올리지 않았다.

10년, 20년 후에도
이대로라면?

그때쯤, 그러니까 은행에 운전기사로 들어간 지 두세 달 쯤 됐을 때였다. 평상시와 같이 동료들과 점심을 먹고 본점 2층 영업장에 있는 자동판매기로 커피를 마시러 갔다.

그날따라 영업장에 들어가는데 느낌이 달랐다. 영업 창구에서 은행원들이 바삐 일하고 있었다. 문득 그들이 '내 또래'라는 생각이 들었다.

하얀 와이셔츠에 넥타이를 매고 고객들에게 환하고 밝은 미소를 보이며 일하는 은행원들의 모습이 새삼 좋아 보였다. 창구 안쪽, 그들이 일하는 공간이 특별해 보이기도 했다. '저들에게는 자신들만의 전문적인 공간이 있구나!'라는 생각이 들었다. 그 특별함과 당당함이 사무치게 멋있었다.

커피를 마시며 잡담을 시작하는 동료들이 알아채지 못하게 슬그머니 영업장을 빠져나왔다. 내가 운전하는 차로 돌아와 차 문을 닫고 앉았다.

'여기가 내 공간이구나.'

이리저리 일자리를 옮겨 다니며 일당을 받던 때와 비교하면 훨씬 좋은 처지인 게 분명했다. 비가 오나 눈이 오나 매달 21일만 되면 꼬박꼬박 봉급을 받는, 그렇게도 꿈꾸던 '월급쟁이'가 된 것이니 말이다. 선배들 말로는 이대로만 하면 60세까지 잘릴 위험이 없는 '철밥통'이라고 했다. 이런 직장을 얻었으니 얼마나 감사할 일인가?

그렇지만 진짜 내 마음은 그렇지 않았다. 내게는 성취감이 없었다. 무언가 이루기 위해 준비하는 삶이 아니었다. 10년 후, 20년 후에 나는 뭘 하고 있을 것인가? 선배들이 말한 '이대로'라면, 여전히 이 공간에서 운전을 하고 있겠지.

생각이 거기에 이르자 '그건 내가 원하는 삶이 아니다.'

라는 확신이 들었다.

 똑같이 와이셔츠를 입었고, 나이도 비슷하건만 저 은행원들과 내가 다른 것은 무엇일까? 은행 창구라는 저 공간과 자동차 운전석이라는 이 공간 사이에는 어떤 선이 있으며, 그 선은 넘을 수 없는 것일까?

 이런 생각들 속에서 점점 또렷해지는 것이 있었다. 열다섯 살 이후로 내가 왜 그렇게 많은 직업들을 거쳤으면서도 한 번도 만족하지 못했는지에 대한 것이었다. 한 번도 자각하지 못했지만, 그것은 말하자면 '신분'에 대한 불만이었다.

 나는 분명 가난한 집에서 태어났다. 그렇다면 이대로 가난하게, 배운 것 없이, 무엇이건 생계를 유지할 정도만 되는 일이면 만족하면서 살아가야 하는가? 그런 의문이 늘 내 안에 있었다.

 그것은 어쩌면 기억도 안 날 만큼 어려서부터 들었던 아버지의 이야기에서부터 비롯됐는지도 모르겠다.

 아버지는 열아홉 나이였던 1940년대 중반에 일본에 징

용당해 끌려가셨지만, 머리가 좋고 기지가 뛰어나서 500명 가까운 일꾼 중에서 1등을 할 정도로 인정을 받았다고 했다. 그런데도 일본 사람들은 조선인을 1등으로 쳐주지 않았다. 그에 대한 불만으로 일터를 뛰쳐나갔고, 그 뒤로 도쿄에서 물건을 떼서 기차로 지방에 가서 파는 장사를 해 돈을 많이 벌었다고 했다.

20대 초반에 불과한 나이로 상당한 재산을 마련해 고향에 돌아왔는데, 아버지 말로는 그 지역 간척지 땅을 다 사고도 남을 만큼이었다고 했다.

그렇지만 재산은 얼마 못 가 사라졌다. 믿고 빌려준 사람들에게 돈을 떼였고, 빚보증을 잘못 서기도 했다. 어이없는 사기까지 몇 번 당하자 대부분의 재산이 사라지고 말았다. 그렇게 재산을 날린 데 대한 충격이 얼마나 컸는지 한동안 정신이 온전치 못하셨다고 한다. 화가 치밀어오를 때면 목에서 피가 넘어오는 등 몸 건강으로까지 충격의 여파가 미쳤다.

아버지는 천성이 부지런하셨기 때문에 곧 마음을 추스르고 농사일을 시작하셨다. 남의 땅을 부치는 소작이나마 성실하게 하셨는데 그럼에도 갈수록 형편은 안 좋아졌다.

장남인 내 기억으로 여섯 살 때까지만 해도 그렇게까지 집안 사정이 나쁘지 않았는데, 왠지 모르게 계속해서 가난해졌다.

기억에 선명한 젊은 시절의 아버지는 저녁마다 늦도록 새끼를 꼬던 모습이다. 마당에는 늘 산더미처럼 짚단이 쌓여 있었고, 아버지는 집에 있는 동안 한시도 손을 놀리지 않고 새끼를 꼬아서 장에 내다 파셨다.

그런 아버지를 지켜보는 동안 '왜 저렇게 부지런한데도 가난할까?' 하는 의문이 자연히 생겨났었던 것 같다.

아버지께서는 일본어도 잘하셨고, 한문에도 능통하셨고, 글씨도 기가 막히게 잘 쓰셨다. 셈도 어찌나 빠른지 나중에 은행원이 됐을 때 비교해 봐도 아버지 셈이 나보다 나았다.

농사를 그만두신 뒤, 그러니까 내가 고교를 졸업하고 서울에 올라와서 이런저런 일을 할 즈음 부모님은 막내 남동생을 데리고 서울로 이사해 오셨다. 두 여동생이 부산과 서울에서 각기 직장 생활을 해서 보내준 돈으로 겨우 삼양동에 단칸방을 구할 수 있었다.

아버지는 서울에 오셔서 한동안 공사장에서 잡부로 일

하셨다. 나이 예순 살이 넘고 밥벌이 되는 기술이 없으니 달리 하실 만한 일이 없었다. 내가 삼십대 중반이 될 때까지도 계속 공사 일을 하시다가 그 뒤로는 청량리역과 서울역, 성내역 등 앞에 좌판을 놓고 장갑 등을 파는 일을 하셨다. 여든넷에 돌아가시기 직전까지도 그 일을 계속하셨다.

한때는 그런 아버지가 창피하기도 했지만 시간이 지나면서 깨달았다. 1년 365일 하루도 쉬지 않고, 할 수 있는 한 최선을 다해 일하셨다는 것만으로도 아버지는 정말 존경스럽고 본받을 만한 분이었다.

은행원이 돼야겠다,
3년 안에

아무리 아버지 나름대로 최선의 삶을 사셨다 해도 내 의
문은 풀리지 않았다. '왜 저렇게 부지런하신데 자식들 교
육도 제대로 못 시킬 만큼 가난했고, 평생 더 나은 일을
찾지 못하셨을까?'

아버지는 "사람은 버는 복보다 지킬 복이 있어야 한다."
고 말씀하시곤 했다. 아버지가 재산을 지킬 복을 타고 나
지 못했기 때문에 평생 가난하게 사신다는 것이었다. 아
버지로서는 자신의 삶을 그렇게밖에 설명하실 수 없으셨
을 것이다. 그러나 나는 진짜 이유는 아버지께 있지 않다

고 생각했다. 일단 가난한 사람들의 울타리 안에서 살고 있었기 때문에 아무리 노력해도 계속 그렇게 살 수밖에 없었던 것이다.

만일 아버지가 좀 더 나은 환경에서 자랐고, 주변에 더 나은 사람들이 있었으면 어렵게 번 돈을 그렇게 허망하게 잃지도 않았을 것이다. 애초에 일본에 징용을 끌려가기보다는 성실함과 총명함에 걸맞은 배움과 직업의 기회를 얻었을 것이다.

그렇다면 그 자식인 나 역시 지레 학업을 포기하지 않아도 됐을 것이다. 제 나이에 고등학교를 나오고 대학도 나올 수 있었다면 나라고 해서 왜 은행원과 같은 직업을 가지지 못했을까. 내 여동생들이라고 해서 왜 고교를 졸업하고 곧바로 여대생이 되지 못했을까.

이전 시대와 달리 그 당시에는 '노력하면 다른 삶을 살 수 있다'는 일말의 희망이 있긴 있었다. 그러나 아무런 비빌 언덕도 없이, 하루 벌어 하루 먹고살아야 하는 처지에서는 그림의 떡과 같은 희망이었다. 다른 방법이 없는데도 지금의 삶에 그대로 만족할 수도 없게 만드는 고문과도 같은 희망이었다. 보이지 않아도 여전히 '신분의 벽'이

존재하는 세상이었던 것이다.

"은행원이 돼야겠다."

나는 그렇게 결심했다. 운전하던 자동차 운전석에 앉아서, '앞으로 3년 내에 은행원이 되고 말겠다.'는 목표를 세웠다. 비록 정식 은행원이 아닌 운전기사로 이 은행에 들어왔지만, 기왕 은행의 구성원이 됐으니 창구에서 일하는 은행원이 된다는 것이 불가능해 보이지는 않았다.

사실 따져보면 그리 합리적인 생각은 아니었다. 요즘도 은행은 인기 있는 직장이지만 그 당시는 IMF와 같은 금융위기도 겪어보기 전이라서 은행이라는 직장의 안정성은 최고로 평가받았다. 거기다 급여도 높았으니 대학 중에서도 명문대 졸업생, 그중에서도 특별히 똑똑하다는 사람들이 가는 직장으로 인식돼 있었다.

그런데 그때만 해도 대학 문턱도 못 가봤던 내가 3년 안에 은행원이 되겠다는 것은 지금 보면 무모한 생각이기도 했다.

그러나 중요한 건 그 생각이 바로 내가 그렇게 오랫동안 찾아 헤매던 삶의 목표, 꿈이었다는 것이다. 그제야 나는 내 인생의 방향을 알 수 있었다. 내가 어느 궤도에 올라서 있는지를 가늠할 수 있었다. 지금까지의 삶은 지금 여기, 기업은행에서 운전기사로 존재하기 위한 것이었다. 그리고 이후의 삶은 은행원이 된다는 목표를 위한 것이었다.

그런 마음으로 주위를 둘러보니 모든 게 달라져 있었다. 은행은 그저 내게 월급을 주는 곳이 아니라, 내가 언젠가 중심부에 들어가서 일하게 될 직장이었다. 창구 직원들은 내 미래의 모습을 담은 롤모델이었다. 건물의 한 구석, 비품 하나도 다르게 보였다. 내가 은행원으로서 다닐 은행의 한 부분이라고 여겨졌기 때문이다.

• • •

"당신이 할 수 있다고 생각하면 할 수 있고
할 수 없다고 생각하면 할 수 없다."
- 헨리 포드 -

Part 4

서른하나 –
보일러기사가
되다

운전기사가
별정직원이 되려면

"그래, 나라고 왜 못 해? 3년 안에 은행원이 돼보자!"

이런 꿈을 야무지게 품긴 했지만 그 방법에 대해서는 아는 게 없었다. 다시 입시 공부를 해서 좋은 대학을 나오고, 치열한 입사 경쟁을 뚫고 들어간다는 것은 말하나마나 불가능한 길이었다.

이미 은행 안에 들어와 있으니, 그 안에서 '신분'을 뛰어넘을 방법을 찾아야 했다. 혹시 몰라 그런 전례가 있는지 알아봤지만 전혀 그런 제도는 없었다.

막막했지만 그래도 작은 노력이라도 시작하자는 생각으로 주위를 둘러봤다. 가장 먼저 한 것은 비서실의 일을 도

운 것이다. 소소한 것이라도 내가 도움이 될 수 있는 일이
라면 나서서 힘을 보탰다. 그러자 비서실 직원들도 서서
히 내게 호감을 보였고, 맡길 만한 일이 생기면 자연스럽
게 나를 부르기 시작했다.

  그리고 운전기사들이 쉬는 휴게실에 작은 책상 같은 밥
상을 하나 놓았다. 운전을 마치고 휴게실에 오면 장기와
바둑을 두거나 누워서 쉬곤 하는 공간인데 거기서 공부를
하겠다고 나선 것이다. 고맙게도 선배들은 비아냥거리거
나 놀리지 않고 기특하다며 격려해 주었다.
  뭘 해야 할지 막막해서 한자, 영어, 붓글씨까지 닥치는
대로 공부했다. 그렇다고 정말 아무거나 한다는 심정은
아니었고 정식으로 공부를 시작하면 밑바탕이 될 만한 것
들을 찾아 한 것이다.
  그러면서 자격증을 딸 만한 것이 무엇이 있을까 찾아봤
다. 가장 먼저 보인 것이 부기 자격증이었다. 당시 은행원
들에게 주산과 부기는 필수였는데, 주산은 어느 정도 할
수 있었지만 부기는 거의 몰랐기 때문에 어서 공부해야겠
다는 의욕이 생겼다.

주말에 부기 학원에 다니고 일하는 틈틈이 공부하면서 한동안 즐겁게 몰두한 결과 1984년 부기 자격증을 취득했다. 은행원이 되기 위해 거친 숱한 과정 중에서 첫 성취라고 할 수 있다.

그러나 그때로서는 아무런 도움도 되지 않는 성취였다. 운전기사가 부기자격증을 취득했다고 관심 가져줄 만한 은행 사람은 아무도 없었기 때문이다.

성취감을 느낀 딱 그만큼 허망함도 컸다. 그만 접을까 하는 생각도 들었다.

'너무 현실성 없는 꿈이 아닌가, 지금 자리에 만족할 줄도 알아야 하는 게 아닐까?'

이런 고민을 거의 매일 했다.

그러던 중에 눈에 보인 것이 별정직이 되기 위해 노력하는 선배들이었다. 별정직은 금융 업무 이외의 업무를 담당하는 직원들을 위한 제도인데 비록 승진의 기회는 주어지지 않았지만 정규직 행원과 똑같은 호봉 체계로 월급을 받을 수 있었다.

'나도 일단 별정직원이 되어야겠다.'고 단기적인 목표를 잡았다. 문제는 별정직이 되는 방법도 명확하지 않다는 것이었다. 특히 운전기사가 별정직이 되는 자격 조건 중 하나가 '40세 이상'이었기 때문에 당장 내게는 해당이 없었다.

그래도 혹시나 하는 마음으로 관련된 자격증이 없나 알아봤다. 교통안전관리공단에서 주는 '교통안전관리자' 자격증이 눈에 띄었다. 은행원 일은 물론 운전기사 일에도 직접 연관은 없어 보였지만 행여나 도움이 될까 해서 공부를 시작했고 1986년에 자격증을 땄다.

그러나 달라지는 것은 없었다. 역시 아무도 알아주지 않았다. 이대로 그만둘까 하는 생각이 또다시 고개를 쳐들었다.

그때쯤 하나의 전환점을 만났다. 계속해서 기회를 노리는 사람에게는 아주 작은 실마리라도 크게 보이는 법이다. 행장님 댁 보일러가 고장이 나서 은행 직원인 보일러 기사들을 차로 태워서 데려다준 일이 있었다. 차 안에서 대화를 하다 보니 그분들이 바로 별정직 직원들이었다. 깜짝 놀라 자세히 물어보니 보일러기사가 되려면 국가 기술자격인 열관리 기능사 자격증이 있어야 한다고 했다. 그 자격증을 따기로 마음먹었다. 그리고 지체 없이 '열관리 기능사 2급' 자격 취득을 위한 공부를 시작했다.

솔직히 말하자면 보일러기사는 내가 꿈꾸던 직업과는 거리가 멀었다. 작업복 차림에 스패너, 렌치를 들고 다니는 모습도 그렇고, 주로 어둡고 외진 곳에 있는 보일러실에서 작업하는 것이 좋게 보이지 않았다. 외견상으로는 차라리 운전기사가 나아 보였다.

그러나 그런 건 문제가 되지 않았다. 전혀 보이지 않던 길, 처음으로 발견한 '은행원이 되는 길'이 그 일에 있었기 때문이다. 깜깜한 방 안으로 한줄기 빛이 들어온 것과 같았다. 또, 국가가 인정해주는 기술자격증을 딴다는 것도 도전이 되는 일이었다. 용어와 내용이 낯설긴 했지만 동기부여가 확실했기 때문인지 공부하는 재미가 있었다.

술을 마시거나 친구를 만날 시간도 없었다. 오직 낮에는 운전하고 밤에는 공부할 시간밖에 없는 '주운야독'의 시간이었다. 좀 쉬고 싶은 생각이 간절해질 때도 있었지만 그래서는 '오늘보다 나은 내일'을 보장할 수 없다고 되뇌며 마음을 다잡았다.

운전석에서 타실 임원분을 기다리는 중에도 한 글자라도 더 보기 위해, 한 문제라도 더 풀어보기 위해 책을 붙들고 있었다. 그렇다고 직무에 소홀할 수는 없었다. 다른 먼 곳이 아니라, 바로 이 조직 안에서 원하는 바를 이루고 싶었기 때문에 지금 맡고 있는 일은 더 잘해야 했다.

자칫 지치기 쉬운 상황일 수도 있지만, 그 당시 나는 늘 기분이 좋고 에너지가 넘쳤다. 집에서 나와 은행으로 출근하는 길에는 송대관의 '해뜰날'을 흥얼거리곤 했다.

"쨍 하고 해 뜰 날 돌아온단다~!"

그 가사와 같은 기대가 있었기에 행복한 나날들이었다. 기분 좋게 일하니 운전기사로 인정도 받았고, 인정해 주시는 분들과 일하는 것은 편하고 재미있었다.

그러나 공부할 시간이 절대적으로 부족한 문제만큼은 노력만으로 해결되지 않았다. 고심 끝에 지점으로 나가야겠다고 결심했다. 본점 비서실 소속으로 있으면 주말에도 행사 때문에 출근하는 일이 잦았고 언제 나갈지 몰라 늘 대기해야 했다.

비서실에서는 내 요구를 난감해 했다. 임원들과 잘 지내고 젊은 편인 나를 굳이 바꾸고 싶어 하지 않았기 때문이다. 비서실장님은 "공부할 수 있는 공간을 마련해 줄 테니까 잘 활용하라!"고 배려해주시면서 "계속 본점에서 같이 근무했으면 좋겠다."고 하셨다. 지점으로 나가지는 못했지만 '나를 인정해 주는구나!' 싶어 도리어 격려가 됐다.

어려울수록
진실한 상대를 만난다

　이때쯤 내 인생에서 가장 중요한 일이 있었다. 아내를 만나 결혼하게 된 것이다. 그때 내가 가진 배우자에 대한 소망은 '부모님을 모시고 살 수 있는 여자'면 된다는 것뿐이었다. 잘난 것도 없고, 가진 것도 없는 내게 어떤 여자가 와줄까 하는 자격지심도 있었다.

　서른이 되자 부모님 성화에 맞선도 많이 보고 다녔다. 그러나 매번 잘 풀리지 않았다. 그도 그럴 것이 맞선 자리에서 당당할 수가 없었다. 내가 은행에 다닌다는 것만 알고 나온 아가씨들에게 '은행원이 아니고 운전기사'라고 분명히 말하지 못했기 때문이다. 그런 상황이 너무도 싫고 자존심이 상했다. 그렇다고 '운전기사가 뭐 어때서!'라고 말할 만큼의 자존감도 없었다.

실제로 몇몇 아가씨들은 "은행에 다닌다."는 말만 듣고 맞선에 나왔다가 내가 운전기사라는 것을 알고는 곧바로 심드렁한 얼굴이 되기도 했다. 그러다 보니 보통은 맞선 보는 내내 애매한 태도로 얼버무리다가 일어서곤 했다.

그러다 아내를 만났다. 친구 동생의 소개로 선을 보러 나가는 날 아침, 전에 없이 기분이 좋았다. 전날 밤 구름 사이로 해가 떠오르는 꿈을 꾸었기 때문인지 "아, 이제 하나님께서 내게 배우자를 보내 주시려나보다." 싶었다.

아니나 다를까, 맞선 장소에 나온 아내를 보자마자 첫눈에 마음에 들었다. 대화를 나눌수록 더 좋아졌다. 서로 공통되는 부분이 많았고, 이런 여자라면 평생 같이 살 수 있겠다는 생각이 들었다.

단도직입적으로 "부모님을 모시고 살아야 하는데 그럴 수 있겠습니까?"라고 물었다. 그 점이 내게는 제일 중요했기 때문에 미룰 수 없는 질문이었다. 그런데 "저는 괜찮

아요."라고 바로 답해 주는 게 아닌가. 이미 결혼 약속이
다 되기라도 한 것처럼 기뻤다.

이제 문제는 운전기사라는 사실을 언제 말해야 하느냐
는 것이었다. 그녀를 놓치기가 싫었던 만큼, 이전에 맞선
봤던 아가씨들의 실망하던 얼굴들이 떠올라 겁이 났다.

그래도 결혼을 생각하는 상대에게 거짓말을 할 수는 없
다는 생각이 들었다. '최종적으로 판단할 사람은 그녀다.
그녀가 수긍하고 나를 받아들여 준다면 그녀를 위해 최선
을 다해 살자!'는 마음으로 털어놓았다.

"저, 사실…저는 진짜 은행원 아닙니다. 은행에서 운전
기사…일을 하고 있어요."

나중에 물으니 아내는 그때 솔직하게 말하는 내 모습이
오히려 마음에 들었다고 한다. 허세로 가득 차고 속물적
인 사람을 싫어했는데, 이렇게 수줍게 진실을 말하는 남
자라면 내 평생을 맡겨도 후회는 없을 거라는 판단이 들
었다고 했다.

"지금은 운전기사지만, 반드시 진짜 은행원이 되겠습니
다!"

그녀는 허황되게 느낄 법도 한 내 꿈을 진지하게 경청하

고 지지해 주었다. 그렇게 세 번 만나고 바로 결혼식장을 잡았다. 1989년 11월 25일. 처음 만난 날로부터 6개월 만에 우리는 결혼했다.

아내를 만난 것은 내 인생에서 최고의 행운이었다. 요즘 청년들은 돈이 없어서 결혼을 못 한다고 하는데, 그 심정을 충분히 이해할 수 있다. 다만, 내 경험을 토대로 하나만 이야기해주고 싶다. 어려운 상황에 있을수록 진짜 자신을 알아봐주는 진실한 상대를 만날 가능성도 있다는 것이다.

운전기사로 일하며 '주운야독'을 계속한 끝에 1989년 열관리기능사 2급 자격증을 취득했다. 이어서 1990년 봄, 보일러기사가 되기 위한 규정상으로 갖춰야 하는 '위험물 취급기능사' 자격증도 땄다.

이제 자격을 갖췄으니 바로 별정직인 보일러공이 될 수 있었을까? 그렇지 않다. 그런 제도가 없고, 전례도 없었다. 한 명이 한 지점을 혼자 관리하기 때문에 퇴직하는 직원이 있거나 새 건물에 지점이 개설돼야 일자리가 만들어진다는 점도 문제였다. 은행 입장에서는 자격증만 있지 경험이 전무한 내게 딜컥 건물을 맡기느니 경력자를 채용하는 편이 나았다.

그러고 보면 이번에도 보장도 없는 일에 시간과 노력을 들인 셈이라고 할 수 있었다. 일단은 운전기사로 계속 일하면서 기다릴 수밖에 없었다.

7년 만에 이룬
보일러기사의 꿈

1990년 10월 17일. 보일러기사가 됐다. 서울 소재 성동 지점으로 발령이 난 것이다. '3년 안에 은행원이 되겠다'는 꿈을 꾼 지 7년여 만이었다.

운이 좋았다. 성동 지점에 정년퇴직할 분이 있었고, 마침 그 지점을 리모델링하게 돼서 후임자가 바로 일을 시작하지 않아도 되는 여유가 생겼다. 물론 그렇다 해도 은행 입장에서는 다른 사람을 보내거나 새로 경력자를 뽑을 수 있었다. 다행인 것은 내가 운전기사로 열심히 일하면서도 보일러기사가 되기 위해 노력해 왔다는 것을 아는 분들이 계셨다는 것이다. 그분들 덕분에 보일러기사로 전직을 원하는 운전기사가 있다는 사실이 인사부로 전해졌다.

인사부에서는 전임자 퇴직까지 두 달 남은 시점에 나를 발령 내주기까지 했다. 두 달 동안 같이 일하면서 실무를 배우라는 배려였다.

별정직원으로 정식 발령을 받은 것은 수습기간을 거친 후 그 이듬해인 1991년 8월 1일이었다. 그렇게 은행원으로 가는 두 번째 걸음을 내디뎠다. 운전기사가 된 것이 첫 번째 걸음인 셈인데 그때는 그 의미를 미처 몰랐다. 별정직 보일러기사가 된 것은 명확하게 내가 정한 방향대로 노력해서 내딛은 걸음이라는 점이 달랐다.

보일러기사로서 나의 임무는 건물 관리였다. '겨울에는 따뜻하게, 여름에는 시원하게' 실내를 관리해서 쾌적한 환경을 조성하는 것이 임무였다.

그러기 위해서는 지점에 가장 먼저 출근하는 사람이 돼야 했다. 직원들이 출근하기 전에 사무실을 둘러보고, 지하 보일러실에서 옥상 물탱크까지 점검하는 것으로 하루가 시작됐다. 기계들이 항상 최상의 상태로 잘 작동될 수 있게 하려면 기계 자체뿐만 아니라 건물 외관부터 내부까지 꼼꼼하게 살펴야 했다. 여름철 장마 피해 대비, 겨울에는 배관 동파 대비도 내 몫이었다.

나는 보일러기사 일이 마음에 들었다. 나만의 공간과 역할이 확실하게 있고, 내 일을 통해서 다른 사람들을 쾌적하게 해 준다는 점이 보람 있었다. 운전기사 일보다 훨씬 좋았다. 객장과 창구가 있는 영업점에서 근무할 수 있다는 이유 때문이었다. 오가며 잠깐잠깐 볼 수 있는 것뿐이지만 은행 업무를 가까이서 볼 수 있다는 것만으로도 행복했다. '은행원'이라는 꿈에 더 가까이 다가선 것 같았다.

전부 긍정적이기만 했던 것은 아니다. 지점 안팎을 활동적으로 돌아다닐 때는 느끼지 못했지만, 내 공간으로 돌아오면 현실감이 찾아왔다. 그 공간은 바로 지하 보일러실이었다.

컴컴한 보일러실에 앉아있을 때면 '너무 먼 길을 돌아가고 있다.'는 데 대한 피로감이 생겼다. 운전기사에서 보일러기사가 된 과정도 험난했지만, 보일러기사에서 은행원이 된다는 것도 그 못지않은 일이었다. 별정직원은 호봉 체계상으로 같은 대우를 받을 뿐 정규직 행원이 될 수 없었다.

'이 보일러실에 내 꿈이 저당 잡힌 것은 아닐까, 결국 여기가 내가 올 수 있었던 가장 높은 곳이 되는 게 아닐까?' 하는 우울한 생각에 빠져들기도 했다.

그럴 때면 털고 일어나서 객장으로 나가보기도 했지만, 이번에는 다른 감정으로 괴로웠다. 바로 '위화감'이었다.

지점 전체 인원은 약 70명이었다. 창구에서 고객을 상대하는 은행원 외에 서무원 호칭으로 불리는 운전기사, 청원경찰, 순무(서무 보조업무 담당) 그리고 보일러기사까지 보조업무를 수행하는 인원이 4명 있었다. 유유상종類類相從으로 이 넷이 주로 어울려서 점심도 같이 먹곤 했다. 은행원들과는 미묘하게 물과 기름처럼 섞이지 못했다. '저들과 우리는 다르다.'는 자격지심이 있어서 더 그랬는지도 모른다. 그렇기 때문에 객장의 모습을 늘 볼 수 있다는 것은 행복하면서도 가슴 아픈 일이었다.

다행히 내게는 목표를 위해 더 달리고 싶은 열망이 있었다. 노력하는 동안 즐거워하는 마음이 있었다. '3년 안에 은행원이 된다.'는 꿈을 다시 한 번 되새겼다. 그 3년이 벌써 2번 지나갔지만, 지난 것은 기억하지 않기로 했다.

그리고 객장 안에서 나름대로 은행원이 되기 위한 준비를 했다. 보일러기사는 굳이 객장에 나와 있지 않아도 되지만 객장을 살피면서 돌아다니기 시작했다.

당시 성동 지점은 날로 규모가 커지고 고객이 늘어나는 추세였다. 그런 모습을 보면 내가 지점장이라도 된 듯 흐뭇하고 기분이 좋았다. 그리고 일손이 모자라는 것이 눈에 보였다.

보일러 업무를 잘 처리해 놓은 후, 나는 객장에 나가서 하나둘씩 내가 할 수 있는 일을 도왔다. 들어오는 손님을 맞이하는 일부터 떨어진 휴지를 줍는 일, 고객들이 일어선 뒤 의자를 바로 놓는 일 등 크게 티 나지 않는 일들이었다. 아마 직원들은 처음에는 '보일러기사가 웬 오지랖이람?' 하고 생각했을 것이다.

개중에는 노골적으로 눈치를 주는 사람도 있었다. '이건

당신 일이 아니잖아?'라는 그 표정에는 무언의 배척의식
이 깔려 있었다. 내가 그렇게도 싫어하던 '신분의 차이'를
일깨우는 신호였다.

그럴 때면 마음이 허전해지고 '내가 지금 뭘 하고 있는
거지?' 하면서 방향성을 잃기도 했다. 그런 마음을 달래려
고 나는 일부러 노래를 흥얼거리곤 했다. 한 번은 화장실
에서 "아아~ 웃고 있어도 눈물이 난다~"는 노래를 흥얼
거렸는데 지점장님이 들으셨다.

"이철희 씨는 좋은 일이 있나 봐?"

웃으면서 "네!" 하고 대답은 했지만 돌아서는 마음이 씁
쓸했다. 좋은 일이 있어서가 아니라 속으로 울고 있던 참
이었기 때문이다. 어떻게든 잘해 보려고 고군분투하는 나
의 이 모습이 주위 사람들에게는 실없어 보일 수도 있겠
구나 싶었다. 그래도 곧 다시 노래를 흥얼거리면서 의식
적으로 기분을 바꾸려고 노력했다. 그렇게 씁쓸한 마음을
털어버리고 나서 다시 최선을 다해서 객장 안을 챙겼다.

예전 비서실에서도 그랬듯이, 그렇게 먼저 나서서 일하
는 내 모습에 곧 다들 익숙해졌고, 일부는 먼저 도움을 요
청했다.

그즈음의 나는 '고객 입장에서' 생각하는 것에 몰두해 있었다. 이 말은 은행과 같은 서비스 업종에서 흔히 사용된다. "고객 입장에서 서비스하라!"는 말을 귀에 못이 박히게 듣게 된다. 그런데 그 의미를 깊이 생각해보면 '고객을 위해서'와 '고객 입장에서' 사이에는 분명한 차이가 있다. '고객을 위해서'라는 말에는 '우리와 저 고객은 다르다'는 인식이 깔려 있기 때문이다.

나는 마치 탐정처럼 객장 안을 둘러보면서, 머릿속으로 여러 가설과 시뮬레이션을 돌리며 고객이 불편해 할 만한 일이 뭐가 있을까 추리해 보곤 했다.

월초나 월말, 급여일 등 고객들이 붐비는 날이면 차례가 밀린 고객들에게 커피도 타 주고, 무료해 하시는 노인분들께는 말동무가 돼 드리기도 했다. 짐을 놓을 곳을 찾는 손님에게는 마땅한 자리를 마련해 드리고, 순서가 누락됐나 불안해하는 모습이 보이면 먼저 다가가 대기 순서를 확인해 드렸다.

시간이 지나면서 차차 지점장님과 직원들에게 신임을 얻었다. 물과 기름처럼 멀었던 관계가 조금씩 가까워졌다. 직원들이 지쳐 있을 시간이면 다 같이 웃을 수 있도록 유머를 던졌는데, 어느새 내가 '분위기 메이커'로 통하고 있었다.

직원들이 소소하거나 궂은일을 시킬 때도 있었는데 절대 마다하지 않았다. 그러다 보니 어느덧 은행 업무 중 기초적인 보조 업무를 할 수 있게 됐다. 그럴 때면 오랜 꿈에 가까워진 것 같고, 인정받은 것 같아서 아주 기쁜 마음으로 일을 처리하곤 했다.

그러나 거기까지였다. 아무리 보조 업무를 잘한다고 해도 그 이상을 내게 맡길 수는 없는 일이었다. 예를 들어 현금을 다루고 고객과 대면 업무를 하는 것은 노력해서 맡을 수 있는 일이 아니었다.

기술계 행원이라는
문이 열리다

그때쯤 한 사건이 있었다. 당시 직원들은 나를 '아저씨'라고 불렀다. 나보다 나이가 많은 직원들도 마찬가지였다. 나뿐 아니라 청경과 운전기사에게도 마찬가지였다. 다른 직원들은 계장님, 대리님, 과장님 등 호칭으로 불렸고 막내 직원도 주임님이었다.

나는 겉으로는 표내지 않았지만 그 소리가 그렇게 싫을 수가 없었다.

'이웃집 아저씨도 아니고 친척 아저씨도 아니고, 어디까지나 직장에서 함께 일하는 사이인데 왜 그렇게 불려야 하는가?'

도무지 알 수가 없었다. 직원들에게 "차라리 이철희 씨라고 불러 주세요!"라고 청해 보기도 했다. 그러나 습관이 돼 버린 호칭이 쉽게 바뀌지는 않았다. 직원들이 나를 주제 넘는다고 생각할 수 있겠다는 자격지심도 들었다.

하루는 고교 2학년인 아르바이트 학생이 지나가다가 나를 "이철희 주임님!"이라고 불렀다. 잠시 멈칫 하는 사이에 어디선가 "쳇, 주임님이라고?" 하는 여직원의 목소리가 들려왔다. 얼굴이 후끈 달아올랐다.

객장 내에 어색한 분위기가 흘렀다. 얼굴을 들 수가 없었다. 내가 그렇게 부르라고 시킨 것도 아닌데, 모두가 그런 생각으로 나를 바라보는 것 같았다.

허둥지둥 보일러실로 갔다. 어두운 공간에 몸을 숨기고 앉았다. 달려가다가 보이지 않던 유리벽에 정면으로 부닥쳐 튕겨 나온 듯, 실제로 몸에 통증이 느껴졌다. 심장 부분이 가장 아팠다. 다시 객장으로 나가서 직원들 얼굴을 볼 용기가 나지 않았다.

그렇게 한참을 앉아있으니 마음이 가라앉았다. 우울할 때마다 흥얼거리던 노래들을 하나씩 소리 내 불러 보았다. "아, 웃고 있어도 눈물이 난다~", "일어나, 일어나, 다시 한 번 해보는 거야~", "쩨쩨하게 굴지 말고 가슴을 열어라~"

목청껏 노래를 부르고 나니 기분이 한결 가벼워졌다. 어차피 내 삶은 내가 정하는 것이다. 나는 지금 꿈을 향해 달려가는 중이니까, 그 중간 과정에서는 어려움을 겪을 수밖에 없다. 지금까지 살면서 더한 일도 겪었는데, 이런 작은 사건 하나로 삶의 목표를 잃을 수는 없다. 보이지 않는 벽이 있는 것도 당연하다. 그 벽을 깨기 위해 목표를 세운 것이고, 내가 그 벽을 깨는 사람이 되면 된다. 이런 생각들로 마음을 달랬다. 그리고 다시 평소와 똑같이 객장에 나가서 일했다.

그때 "쳇!"이라는 말을 했던 여직원과도 그 뒤로 좋은 관계로 잘 지냈다. 지나고 보니 정말 별일도 아니었다. 그때 지나치게 크게 생각하지 않은 것이 얼마나 다행인지. 지나고 보니 그 순간 언짢았던 기분은 미래를 향해 쓸 수 있는 에너지가 됐다. 그런 동기부여를 해 준 동료에게 도리어 고마운 마음이 들었다.

그때에 비하면 지금은 직업에 대한 인식이 많이 바뀐 편이다. 조직 내에서의 팀워크와 조화를 위해서 되도록 위화감이 드는 호칭은 쓰지 않도록 하는 추세다. 은행 지점에서도 청원경찰에게 고객 접점에 있다는 뜻으로 '서비스 매니저'라는 호칭을 부여하고 있다.

　가만히 생각해 보면 나는 운이 아주 좋은 편이다. 마침 그때 새로운 기회의 문이 열렸다. 항상 그쪽을 바라보고 있었기 때문에 나는 그 문이 열린 것을 단박에 알 수 있었다.

　기업은행에 '국가 기술자 자격증 우대' 정책의 일환으로 '기술계 행원'이라는 제도가 노사 합의에 의해서 새로 도입된 것이다. 기술계 행원은 말 그대로 금융 업무를 보지는 않지만 똑같은 행원 자격을 가지는 것이다. 원칙적으로는 승진도 가능했다. 별정직도 책임자 대우를 받을 수 있고 봉급도 오르지만 실제로는 승진하는 것이 아니었다. 전기, 통신, 보일러기사 직종이 혜택을 볼 수 있었다.

　부지런히 정보를 모아 보니 기능사 자격증 취득 후 15년, 기사 자격증 취득 후 7년을 근속하고 근무 성적이 우수하면 기술계 행원이 될 수 있었다.

이 제도에 대해 알게 되니 펄쩍펄쩍 뛰고 싶을 만큼 좋았다. 일단 방법이 존재한다는 자체가 기뻤던 것이다. 드디어 새로운 희망이 생겼다.

보일러기사 선배들 중에는 내용을 들어보고는 시큰둥한 반응을 보이는 이도 있었다.

"자세히 보라고. 그냥 별정직으로 책임자 대우를 받게 되면 책임자 대우 수당이 나오니까 그편이 봉급이 더 많아. 기술계 행원이란 게 이름만 그럴듯하지 결국 하는 일은 똑같다고. 누가 힘들게 전직을 할 것이며, 전직을 한들 책임자가 되려면 책임자 시험도 봐야 하고, 합격해도 승진이 가당키나 하겠어? 그냥 겉만 번지르르한 제도일 뿐이야."

그 말도 틀린 것은 아니었다. 신분 전환을 간절하게 원하든가 혹은 나처럼 금융 업무를 하는 은행원이 되고자 하는 경우가 아니라면 반길 이유가 별로 없었다.

그렇기 때문에 나에게는 더더욱 반가운 제도였다. 마치 나를 위해 만들어진 것처럼 여겨졌다. 잠시라도 지체할 이유가 없었다. 나는 당장 구체적으로 해야 할 일을 알아봤다.

당시 내가 가진 기능사 자격증만으로는 15년 근속 조건을 채워야 했으므로, 기사 자격증을 따는 것이 급했다. 그런데 문제는 기사 자격증을 따려면 기능사 취득 후 3년 경력이 있거나 전문대 이상 졸업자 자격을 갖춰야 한다는 것이었다.

나는 곧바로 노량진에 있는 입시단과학원에 등록했다. 그동안에도 대학 진학을 고민한 적이 꽤 있었지만 단순히 가방끈을 늘이는 것이 목적이 아니었기에 미뤄두었다. 이번에는 달랐다. 명확한 목표가 생겼기에 망설일 필요가 없었다. 그렇게 해서 이듬해인 1991년 인덕전문대학교 사무자동화과 야간 과정에 입학했다. 그때 나이가 서른둘이었다.

낮에는 보일러기사로 일하고 밤에는 대학에 다니며 공부하는 것은 고단했지만 열 살 정도 어린 학생들과 공부하는 것은 신선한 자극이 됐다.

학생들에게 나는 '과 삼촌'으로 통했다. 나처럼 직장에 다니면서 주경야독하는 친구들도 꽤 있었다. 지금보다 더 나은 직장을 위해 노력하는 친구들을 만나니 고향 사람들을 만난 것처럼 반가웠다.

그중에서도 야간반 동기였던 임정빈이란 친구가 기억에 남는다. 열 살이나 아래였지만 무척 어른스러웠고, 사는 곳도 나와 같은 서울 미아동이어서 수업 끝나고 함께 집에 가면서 많은 대화를 나눴다. 그 친구도 은행원을 목표로 하고 있었다. 당시에는 새마을금고에서 일하고 있었는데 제1금융권으로 도약하기 위해 노력하고 있었다.

결국 그 친구도 학업을 마치고 제일은행(현 SC은행)에 입사했고, 결혼해서 아들딸 낳고 알콩달콩 잘 살고 있다. 최근에는 부지점장이 됐다는 소식까지 들었다. 20대 때 밤늦도록 기울였던 그 노력들이 결코 헛되지 않았던 것이다.

IMF의 칼날에도
살아남은 비결

그 시절, 매일 피로와 전쟁을 하면서도 격전의 전투장에 나가는 심정으로 퇴근 후 학교로 향하곤 했었다. 비교적 남들보다 부지런하다고 자부하는 나였지만 밤늦게까지 공부하고 아침에 또 일찍 일어나는 것은 무척 힘들었다.

그래도 언젠가는 정장을 입고 은행원으로 출근하리라 다짐하면 저절로 힘이 솟았다. 나보다도 고생한 것은 어쩌면 아내였을 것이다. 시부모님과 아이들을 거의 혼자 힘으로 건사하면서 야간 대학에 다니는 남편 내조까지 하느라 이만저만 힘들지 않았을 것이다. 그런데도 아내는 내 꿈을 전적으로 응원해 주었다. 아내 손을 꼭 잡으면서 "반드시 진짜 은행원이 돼서 과장까지 올라가겠다."고 약속을 했다.

1993년 인덕전문대 사무자동화과를 졸업했다. 그해 바로 기사 자격을 따지는 못했다. 처음에는 전산기사자격증을 따려고 했다. 직접적으로는 기사자격증을 취득해서 기술계행원이 되기 위한 조건을 갖추는 것이지만 궁극적으로 되고 싶은 것은 금융 업무를 하는 은행원이었기 때문이었다. 그러나 첫 시험에서 떨어지고 진로를 바꿀 수밖에 없었다. 단기간에 될 일이 아니었다. 그나마 열관리기사가 쉬울 것 같아서 이듬해 열관리 학원에 다니게 됐다.

퇴근하고 주 3회 저녁마다 종로 5가에 있는 '제일 열관리 학원'에 다니던 그 시절 일들 중에 기억에 남는 것들이 있다. 함께 공부하던 친구들과 모임을 하나 만들었다. 다들 나보다는 서너 살 어려서 나를 '형님'이라고 부르며 따랐다. 주경야독하는 이유는 제각기 달랐다. 보통은 기능사 자격을 가지고 보일러실에서 일하면서, 기사 자격을 취득해서 그 분야에서 전문가가 되거나 건물 관리소장이 되는 게 꿈인 경우가 많았다.

이 모임은 지금까지 이어져서 7명이 주기적으로 만나고 있다. 그때 직장에서 일하고 바로 와서도 피곤한 줄 모르고 공부한 노력들이 결실을 맺어 많은 친구들이 꿈을 이뤘다. 많은 직원을 데리고 있는 기업체 관리소장도 있다.

기분 좋은 것은, 내 영향으로 꿈을 가진 친구들이 있었다는 것이다. 내가 산업대(현 과학기술대학교)에 편입하고 은행원이 되는 과정을 지켜 본 친구들 중 두 명이 4년제 대학에 진학했다. 한 명은 축협에서 보일러기사로 일하다가 나처럼 은행원을 목표로 노력해 지금은 금융 관련 업무를 보고 있다.

그 당시 모임에 가서 어떤 과정에 있는지 얘기해 주면 자기 자랑이라고 고깝게 보지 않고 "형님은 만날 때마다 달라져 있으시네요." 하고 순수하게 기뻐하고 격려해 준 친구들이었다. 그런 그들이 각자 노력한 만큼 잘 살면서 "형님 따라서 하면 손해 볼 것은 없어요."라고 해 줘서 뿌듯하다.

"그때는 힘들었지만 결국은 노력한 대가로 조금씩 일하는 환경이 좋아지더라고요. 자식들에게도 노력하는 아빠의 모습이 본이 되었고요."

이런 이야기를 함께 나눌 수 있는 친구들이 있어서 참 좋다.

1996년, 드디어 열관리기사 1급 자격증을 취득했다. 기술계 행원이 되기로 마음먹은 지 5년만의 일이었다.

그러는 동안에도 나는 보일러기사로서도 최선을 다해 일했고 객장에 나가서 일손을 돕는 일도 계속했다. 늘 직원들에게 먼저 다가가 도울 일이 없는지 묻고, 사소한 일이라도 적극적으로 하다 보니 어느새 직원 업무분장에 내가 '서무보조'로 이름을 올리게 됐다. 실제로 지점 서무주임(총무)이 하는 역할을 맡게 된 것이었다.

내 노력만으로 된 일은 아니었다. 인복이 있었다. 우리 지점 직원들이 내게 선입견 없이 호의적으로 대해 준 덕분이었다. 성동지점을 거친 9명의 지점장님들도 모두 내게 긍정적이셨고, 되도록 힘을 실어 주려고 하셨다. 지점에서는 매월 실적을 게시하고 열심히 일한 직원에게 분기마다 지점장 포상을 실시했는데 나는 별정직인데도 도맡아서 상을 받곤 했다.

혹자는 "은행원이 되고 싶으면 착실하게 공부해서 자격을 따기만 하면 되지 뭐하러 은행원들의 업무 보조까지 자청해서 하느냐?"고 물을지 모른다. 그건 모르는 소리다. 만일 내가 성동지점에 있는 동안 그런 노력을 기울이지 않았다면 나는 내 꿈을 중도에 접어야 했을 것이다. 어려서 여러 번 겪었듯이 타의에 의해서 말이다.

1997년 말, IMF 경제위기가 찾아왔다. 한국 사회 전반을 뒤흔들었고 수많은 사람들에게 절망을 준 사건이었지만 은행에서 느낀 충격은 특별했다. 그야말로 '최고의 직장'이라고 여겨져 온 은행이 송두리째 흔들렸던 첫 번째 사건이었기 때문이다.

금융기관마다 구조조정의 폭풍을 맞았다. 기업은행은 비교적 상황이 낫긴 했지만 무풍지대는 아니었다.

직원들이 느낀 심리적인 불안은 지금도 되살리면 아찔할 만큼 심했다. 칼날 같은 해고 위협이 우리 지점에도 떨어졌다. 같이 일했던 동료가 짐을 싸서 나가는 일이 눈앞에서 벌어졌다. 퇴근하고 다음 날을 맞이하기가 무서울 정도였다.

결국 나에게도 지점장 호출이 돌아왔다. 지점장실로 들어서는데 평상시 온화하시던 지점장님 모습에서 싸늘한 냉기가 느껴졌다. 지점 다른 직원들이 "다른 사람은 다 잘려도 주임님은 안 잘리니 걱정 마세요."라고 격려해 주었던 것도 그 순간에는 아무 의미가 없게 여겨졌다. 그렇게 마음 졸이고 있는데 지점장님 입에서 나온 말은 뜻밖이었다.

"자네는 다른 생각 하지 말고 지금처럼 열심히 일하면 돼!"

지금도 그때의 지점장님 목소리가 귓전에 생생하게 울린다. 이미 퇴출된 동료들이 떠올라 미안하기도 했고 은행 전체가 처한 현실을 모르는 것은 아니지만, 살면서 손에 꼽을 만큼 감격스러운 순간이었다.

'내 몫을 제대로 하지 못하면, 그 조직에서 핵심적인 사람이 되지 못하면 언제든 타의로 잘릴 수 있는 거구나!'라고 되뇌던, 해고당한 뒤 어깨를 축 늘이고 집으로 돌아가던 젊은 시절의 내 모습이 떠올랐다. '그때의 교훈을 잊지 않고 살아왔구나, 부끄럽지 않게 살았구나!' 싶어 안도감이 온몸에 퍼졌다. 그만큼 조직에 대한 애정이 깊어졌고, 은행원이 되겠다는 열정도 더 커졌다.

경제위기의 여파는 그 후로도 몇 년간 더 지속됐다. 구조조정은 잊을 만하면 또 찾아왔다. 나와 같은 별정직 출신들이 집중적으로 대상이 된 경우도 있었다. 펑펑 울면서 나간 동료도 있었고, 퇴직 후 몇 년이 지나서 만났는데도 그때 얘기를 하며 눈가에 이슬이 맺히는 경우도 있었다. 은행을 '평생직장'이라고 믿고서 별다른 노후나 인생 2막의 준비를 하지 않은 것이 후회된다고들 했다. 당장은 구조조정 대상이 되지 않았어도 언제 칼날이 자신에게 올지 몰라 심리적, 육체적으로 병이 생긴 직원들도 여럿 있었다.

그런 직원들은 예전에는 발길도 돌리지 않던 지하 보일러실로 나를 찾아와 심정을 토로하기도 했다. 함께 고민하고 한탄한 뒤에 일어나면서 직원들은 또 내게 이렇게 말하곤 했다.

"다른 사람은 다 잘려도 주임님은 안 잘릴 거예요."

농담조로 한 말이었지만 실제로 그 후로 연달아 진행된

구조조정의 칼날은 매번 나를 비켜갔다. 나이는 많고 신분은 '무늬만 은행원'인 나는 숫자로만 따지면 당연히 정리해고 1순위였다. 그렇기 때문에 계속 살아남는다는 것은 놀라운 일이었다.

그래서 구조조정 명단이 발표될 때마다 남몰래 가슴을 쓸어내렸다. 그런데 직원들은 아무도 신기해하지 않았다.

"주임님이 나가기를 바라는 사람이 어디 있겠어요."

한 직원은 이렇게 말해 주었다.

"이철희 주임님, 알고 보면 이 지점 건물 주인이라니까!"

이렇게 장난스럽게 말하곤 하는 직원도 있었는데 조금도 얄밉지 않았다. 그만큼 다들 내 역할을 인정해 준다는 것이기 때문이었다. 그 시절에 나만큼 행복했고 자주 감격했던 사람도 없었을 것이다.

• • •

"늦게 가는 것을 두려워 말고 가다가 멈추는 것을 두려워하라."

– 중국 명언 –

Part 5

서른아홉-
기술계 행원이
되다

월급보다 더 중요한
꿈을 위해

1998년 8월, 마침내 5급 기술계 은행원이 됐다. 입행 15년, 서른아홉의 나이에 기사 자격을 따려 야간 대학까지 다녀 이룬 성취였다.

모든 자격을 갖추고 전직 심사 대상에 올라간 것을 확인했을 때 마음이 떨려왔다. 승진 대상자에 올랐다고 자동으로 되는 게 아니듯이 전직도 마찬가지였다. 인사고과도 중요하고 무엇보다도 평판이 중요했다.

인사 결과 발표를 기다리는 동안 주변에서 가장 많이 들은 얘기는 "왜 급여 상 혜택을 포기하고 굳이 기술계 행원이 되려고 하느냐?"는 것이었다. 별정직으로 책임자 대우를 받으면 기술계 행원이 되는 것보다 봉급이 더 많기 때문에 당연한 질문이었다. 실제로 이때 포기한 급여 수준은 7년 후 책임자 승진을 한 뒤에야 받은 월급과 비슷했다.

그러나 내 뜻은 단순하고도 확고했다. 내 목표는 오직 '정식 은행원이 되는 것'이었고 그것이 급여보다 더 중요하고, 더 가치 있는 꿈이었기 때문이다.

가까운 동료에게는 이런 뜻을 털어놓기도 했는데, 응원해 주는 사람도 있었지만 "그래봐야 책임자 승진도 못 할 텐데. 그냥 편하게 살아, 이 친구야!" 하고 핀잔을 주는 사람도 있었다. 오래 알고 지내던 동료의 이런 반응에 잠깐 서운하기도 했지만 그때뿐이었다. 일생일대의 큰일을 앞두고 있다 보니 그런 데 오래 신경 쓸 여력이 없었다.

이때의 인사 과정에서도 역시 운이 따랐다. 승진 심사자 중 한 분이 전에 나와 성동지점에서 같이 근무한 적이 있었다. 길지 않은 기간 근무하고 본점으로 가셨는데도 그분은 내 서류를 보자마자 나를 알아보셨다고 했다. 그분이 "남들이 시키지 않아도 이런저런 일들을 찾아서 적극적으로 하는 사람입니다. 우리 조직에 꼭 필요한 직원입니다."라면서 내 전직 결정을 지지하셨다는 것을 오랜 시간이 지난 후 다른 이에게서 전해 들었다. 놀랍기도 하고 고맙기도 했다. 비가 오나 눈이 오나 객장에서 궂은일을 도맡아 했던 날들을 한꺼번에 보상받은 듯 했다.

8월 1일, 은행 단말기에 승진 대상자 명단이 떴다. 지점장부터 부지점장 차장 등 순서로 쭉 이어지는데 맨 밑에 '기술계 행원 전직 대상자 이철희'라고 쓰여 있었다.

행원 이철희. 은행원 이철희. 드디어 은행원이 된 것이다. '기술계'라는 제한이 아직 남아 있긴 했지만 일단은 그 사실만으로도 충분히 감격스러웠다. 눈물을 참을 수가 없었다. 지나간 시간들이 꿈만 같았고, 어린 시절 나를 옥죄었던 보이지 않는 굴레, 신분 아닌 신분의 선을 비로소 뛰어넘은 듯 자유로움을 느꼈다.

역시나 그 행복감은 그리 길게 가지는 못 했다. 힘들게 고개를 넘었는데 그전과 똑같은 자리에 돌아와 있는 것 같은 실망감이 이번에도 반복되었다.

아무래도 내가 원했던 '진짜 은행원'은 아니었기 때문이었다. 여전히 내가 하는 주된 업무는 보일러 관리였다. 금융 업무를 전혀 몰랐기 때문에 창구 업무를 맡을 수 없었다. 누구도 내게 창구 업무를 맡길 생각을 해주지 않았다. 객장 한 구석에 내 책상과 컴퓨터 단말기가 마련된 것만이 유일하게 이전과 달라진 점이었지만 단순 보조 업무만을 위한 것이었다.

'어떻게 해야 금융 업무를 할 수 있을까?'

아무리 고민해 봐도 이번에는 실마리조차 찾을 수 없었다. 이제는 자격의 차이, 신분의 차이가 아니었기 때문이다. 기술계 행원 제도는 보일러기사 선배들이 말했던 것처럼 '겉만 번지르르하게' 신분의 차이를 없애 놓았을 뿐, 실제로 같은 대우를 해 주기 위한 제도는 아니었던 것이다. 나는 어디까지나 '무늬만 은행원', '꼬리표 단 은행원'이었을 뿐이었다.

한동안은 창구 직원들이 나를 대하는 태도가 조금은 어색하기도 했다. 전에는 아예 다른 직군이라 생각해서 편하게 대했는데, 이제는 내가 열심히 잡무를 도맡아 하는 모습에 대해 "뭘 위해서 저런 노력을 하는 거지?" 하고 의아해 하는 눈치였다.

실망스럽기도 하고 마음이 위축되기도 했지만 다시 용기를 냈다. 일반 직원들과 나 사이에는 다른 점이 있는 것은 사실이었다. 내로라하는 4년제 대학을 나왔고 입행 이후로 금융 관련 지식을 꾸준히 쌓아 온 그들과 내가 하루아침에 같은 금융 업무를 할 수는 없을 터였다. 뒤쳐진 만큼 더 노력하다 보면 언젠가는 기회가 올 수도 있다, 더 많이 뒤쳐졌을 때도 노력해서 이만큼 올라왔는데 못할 게 뭐가 있나, 이렇게 생각했다.

반대로 생각하면 내게는 다른 직원들에게 없는 무기가 있었다. 싹싹함과 부지런함 그리고 누가 시키지 않아도 할 수 있는 지점 안의 수많은 내 역할들이었다. 전에도 서무주임 역할을 했지만 이제는 정식으로 사무 분장상으로 서무주임이 돼서 영업점 살림을 책임지게 됐으므로 더 본격적으로 할 일을 찾아냈다.

야유회, 체육대회, 회식 등 각종 행사 준비는 다 내 책임이 됐다. 직원들이 편하고 재미있게 즐길 수 있도록 게

임이라든가 경품까지 세심하게 준비했다. 행사가 끝나고 지점장은 물론 동료 직원들도 모두 만족해하는 것을 보면 고단함이 다 잊혀졌다.

그렇게 할 일을 찾다 보니 뭔가 더 기여할 게 없을까 고심하게 됐는데 마침 내가 할 수 있는 역할이 있었다. 당시 은행원들은 컴퓨터 시험에 합격해야 책임자로 승진할 수 있었다. 책임자(과장)가 되기 위한 시험에도 PC 과목이 있었다. 컴퓨터의 기능이 빠르게 발전하면서 활용도가 높아지고 있었기 때문이다. 많은 직원들은 컴퓨터 사용법을 배우고 싶어 했지만 기회를 찾지 못하고 있었다.

나는 마침 야간 전문대에서 워드프로세서와 소프트웨어 사용법을 배워둔 터라 아는 만큼 직원들과 나누고 싶었다. 용기를 내서 "지점 2층 회의실에서 업무 시작 전에 컴퓨터 교실을 열겠다."라고 알렸다. 직원들은 크게 반겼고, 대부분은 성실하게 참여했다. 그 교실 덕분에 PC 시험에 협격한 경우도 많았다. 답례로 와이셔츠와 넥타이를 선물한 직원도 있었다. 그렇게 교류하고 시간을 같이 보내면서 보이지 않는 벽들이 하나둘 허물어져 갔다.

내 집 일처럼 살펴도
돌아오는 건

객장에서 고객의 입장에서 필요한 점을 살피는 일도 계속했다. 비록 창구에서 고객을 맞이하지는 못하지만 고객을 위해 할 수 있는 일은 있다고, 그러다 보면 언젠가는 금융전문가가 돼서 고객을 맞을 수 있을 거라고 생각하며 아쉬움을 달랬다.

대부분의 영업점 직원들은 지점을 출입할 때 고객이 다니는 출입문을 잘 이용하지 않는다. 출퇴근이나 외출 때는 뒤편의 후문을 이용한다. 때문에 고객들이 다니는 동선 상에서의 문제점을 모르고 있을 가능성이 있었다.

반면 나는 객장 안을 전방위로 돌아다녔기 때문에 내 눈에만 보이는 개선할 점들이 있었다. 그런 점들을 나는 티나지 않게 담당자에게 알렸고 때로는 스스로 방법을 찾아서 해결했다.

황사 때문에 간판이 더러워지거나 간판 등이 고장 나서 불이 켜지지 않거나, 건물 벽면에 크랙이 생겨 보수하는 등의 일은 내가 직접 해결했다. 내가 할 수 있는 범위를 벗어나는 일들은 담당자와 상의하거나 본점에 알려서 방법을 찾았다.

5년마다 지점 창구 리모델링 공사를 할 때면 공사 관리 감독 역할을 도맡아서 했다. 은행 입사 전에 여러 건설 현장에서 목수, 미장 등 다양한 직종을 경험해 본 것이 이때 쓸모가 있었다.

낮에는 고객들 때문에 여의치 않아서 공사는 보통 마감 후부터 자정 또는 그 이후까지 그리고 주말 시간을 이용해서 진행되곤 했다. 나는 매일 그날의 공사가 마무리될 때까지 남아있었기 때문에 새벽에 귀가하는 날이 허다했다. 주말에도 매번 사무실에 나와서 설계도면을 검토하고 공사를 감독했다. 고단하기는 했지만 이렇게 내가 맡아서 잘

할 수 있는 역할이 있다는 것이 보람되고 뿌듯했다.

한 번은 주말 오전에 일이 있어서 오후 늦게 나갔더니 설계도면과 영 다르게 공사가 진행돼 있었다. 소장을 불러서 따졌더니 인정을 하면서도 그냥 넘어가자는 식이었다.

"들어갈 자재가 안 들어간 것도 아니고, 이만큼 된 걸 뜯고 다시 하면 시간도 그만큼 더 걸리지 않겠습니까? 그냥 진행하시죠."

그러나 나는 그럴 수 없었다.

"한 번 공사해 놓으면 5년 이상 그대로 써야 하는데 어떻게 그럴 수 있겠습니까?"

소장은 말은 안 해도 '이게 뭐 자기 집인가? 왜 저리 깐깐하게 굴어?'라는 식의 반응이었다. 실제로 그때 나는 마치 지점 건물이 내 집인 양 일하고 있었다. 매일같이 내 집처럼 살뜰히 돌봐 온 건물을 대충 공사한다는 것은 용납이 안 되는 일이었다.

또한, 혹시라도 "누가 감독했는데 이 모양으로 공사를 해놨어?"라는 말을 듣는다고 생각하면 견딜 수가 없었다. 그보다는 "역시 이철희야!"라는 말을 듣고 싶었다.

내 강경한 태도에 소장은 할 수 없이 재작업 지시를 내렸고, 오전 내내 진행된 작업을 원위치로 돌렸다. 인부들이 투덜대면서 끙끙대는 모습을 보면서 한편으로 미안하기도 했지만 추호도 양보하고 싶지 않았다.

그 밖에도 주차장에서 고객이 항의를 해도, 영업객장에 쓰레기가 방치돼 냄새가 나도, 신상품 홍보 책자가 떨어져도 나는 내 집 손님에게 문제가 생긴 것처럼 뛰어가서 해결했다. 그런 역할을 10년 가까이 해 오다 보니 '여기가 자기 집인가?'라는 눈길은 더 이상 받지 않았다. 일상적이고 자연스러운 풍경이 된 것이다.

때로는 '노력해봐야 직원들이 당연하게만 여기고 특별히 고마워하지 않는다.'는 생각도 들었다. 그러나 결코 헛된 노력은 아니었다. 그때는 몰랐지만 그런 일들 하나하나가 좋은 인상을 남겼고, 그런 인상을 간직한 분들의 평가가 결정적일 때 큰 도움이 됐다.

그렇게 지점 일을 내 일처럼 돌보는 것은 그 자체로도 만족감을 줬지만, 그게 전부일 수는 없었다. 내가 그렇게 열심히 일한 것은 단순히 그 일이 좋기 때문이 아니었다.

은행원이 되고자 하는 열망이 그만큼 깊고 절실했기 때문이었다. 그런 만큼 창구 업무를 볼 수 없다는 데 대한 실망과 아쉬움도 커졌다.

'15년 만에 은행원이 됐는데, 여기서 더 나가지 못 한다면 무슨 의미가 있겠는가?' 싶고, '여기까지가 한계인가?' 하는 절망감에 빠지기도 했다.

한편으로 보면, 금융 지식이 없고 금융 교육을 받아보지 않은 내가 창구 업무를 볼 수는 없는 것은 당연했다. 때문에 나는 꾸준히 통신 연수를 받으며 준비를 했다. 통신 연수는 신청하면 책을 보내줘서 은행원들이 독학으로 공부할 수 있게 하는 방식이다. 또한 행원 연수도 연 2회 정도 실시되는데 기술계 행원은 꼭 받을 필요가 없었지만 나는 적극적으로 자청해서 참가했다.

주기적 실무 지식 평가에서도 나는 꽤 괜찮은 점수를 받곤 했다. 말이 쉽지 젊은 은행원들의 틈바구니에서 뒤처지지 않으려고 아침 일찍 출근하거나 주말에 도서관에 나가 필사적으로 공부해 받은 점수들이었다.

그러다 보니 '책임자 고시'에 응시할 자격이 주어졌다. 이 시험은 은행원이 책임자(당시 기준으로 대리 이상. 지금은 과장 이상)로 승진하기 위해서는 꼭 통과해야 하는 관문이다. 역시 기술계 행원은 굳이 볼 필요가 없었다. 합격한다고 승진할 수 있는 게 아니기 때문이었다. 이번에도 나는 자청해서 응시했다. 그리고 2000년 5월, 책임자 시험에 합격했다. 1999년 한 차례 떨어진 끝에 합격한 것이었다.

"이제 은행원이 되기 위해 넘어야 할 산은 다 넘었구나!"

그동안 아침 일찍 출근해서, 주말이면 도서관에 가서 책을 붙들고 씨름한 날들이 주마등처럼 스쳐갔다.

성취감을 느끼는 동시에 좌절감은 더 커졌다. 은행원이 될 수 있는 자격은 다 갖춘 셈이었고, 책임자 고시에까지 합격했는데도 금융 업무를 할 수 없다는 모순이 사무쳤다. 보일러기사이면서 책임자로 승진할 것을 기대하기도 어려웠다. 보일러기사 중에서 단 한 사람도 책임자로 승진한 사람이 없다는 현실을 무시할 수가 없었다.

이제는 사십을 넘기고, 더 이상 할 수 있는 게 없었다. 이전에 씩씩하게 넘겼던 몇몇 고비들이 새삼 부정적으로 느껴지기도 했다. 1993년에 전산기사자격증 시험에 떨어졌던 일, 1997년 서울산업대 기계공학과로 편입하기 1년 전에 전산학과로 먼저 응시했었는데 낙방했던 일이 떠올랐다. 은행원으로 전직하는 데 도움이 될 것 같아 전산 쪽 공부를 하고 싶었는데 잘 안 되자 '마음만 앞서서 될 일이 아니다.'라는 생각을 했었다.

이후 기존에 해왔던 열관리 일과 관련 있는 기계공학과로 진학하게 됐다. 그런 과정을 거치자 '보일러기사가 결국 내 자리인 게 아닐까?' 하는 절망적인 생각도 들었다.

산업대 재학 시절에 이런 일도 있었다. 당시 지점에서는 카드와 마이너스통장 신규 고객 가입 유치가 한참이었다. 나 하나라도 보탬이 되자는 생각으로 수업 시간 전에 앞에 나가서 학우들에게 가입을 권유했다. 가입 의사를 보이는 학우가 있으면 다음 날 그의 회사 사무실까지 찾아가서 서류를 받아오곤 했다.

물론 쉬운 일은 아니었다. '저 사람은 왜 학교까지 와서 저러나?' 하는 눈총을 받는 일이 좋을 리 없었다. 스스로도 남들 앞에서 가입 권유를 하는 게 어색했고, '왜 내가 이렇게까지 해야 되나?' 하는 자괴감이 들 때도 많았다. 그러나 지점 실적이 올라가는 것을 보는 것이 좋았고, 내가 이 조직의 일원이라는 소속감과 보람도 커졌다. 또, 어떤 이들에게는 나의 '찾아가는 서비스'가 도움이 될 수도 있다고 생각했다.

그런데 그렇게 고객을 유치해 오는 것을 보고 한 책임자가 지점장에게 문제를 제기했다.

"정식 은행원도 아닌 별정직이면서 저런 업무를 해도 되는 겁니까?"

원리원칙대로 하자면 정확히 맞는 말이었다. 직원들이 힘들어 하는 일을 같이 한 것이기 때문에 대체로는 내 노력을 긍정적으로 평가했지만 이런 문제제기를 무시할 수는 없는 노릇이었다. 지점장님은 "열심히 해 줘서 참 고맙다."고 격려해주시면서도 사정 설명을 하며 고객 모집을 중단하도록 했다.

겉으로 표시는 안 했지만 이 일은 내게 꽤 큰 충격을 줬다. '아무리 노력해봐야 어차피 은행원이 되지 못 하겠구나!' 하는 좌절감이 들었다. 그리고 그 생각은 마음 한 구석에서 조금씩 자라났다.

책임자 시험을 합격하기까지는 눈에 보이는 목표가 있었지만 그마저도 지나가 버리자 부정적인 생각들이 올라왔다.

　'이제 현실적으로 진로를 생각해야 하는 게 아닐까. 미래에 대한 준비도 해야 하는데, 지금 상황에서 가장 가능성이 높은 쪽으로 목표를 수정해야 하는 게 아닐까.'

　오래 품어온 희망이 멀어진다는 건 말할 수 없이 쓰라렸지만 마흔이라는 나이의 무게, 그리고 노력해도 방법을 찾을 수 없다는 막막함은 조바심으로 이어졌다.

　그때 떠오른 것이 '기술사가 되자!'는 것이었다. 기능사, 기사 자격을 땄고, 기계공학과를 졸업했다면 그 다음 단계의 목표로 기술사를 바라보는 것은 지극히 자연스러운 일이었다. 1999년에 공조냉동기사 자격을 따놨기 때문에 공조냉동기술사 자격 취득을 노려볼 만했다. 이 자격을 딴다는 것은 기술 부문에서 최고등급의 기술 보유자가 된다는 뜻이다. 건물을 지으려면 반드시 이 자격자가 참여해야 했다. 희소가치도 있기 때문에 이 자격을 딴 뒤 이직하면 연봉도 지금보다 훨씬 많이 받을 수 있었다.

물론 본래의 내 꿈인 '진짜 은행원'이 되는 데는 아무 쓸모없는 자격이었다. 그동안 기능사, 기사 자격을 딴 것은 기술사가 되려고 한 것이 아니었다. 오로지 은행원이 되기 위한 것이었다. 그렇기 때문에 기술사로 가는 길은 항로를 이탈한 방향인 셈이었다.

그러나 그때는 그런 판단보다는 조바심의 힘이 더 셌다. 2000년 9월쯤, 현금 200만 원을 들고 노량진에 있는 서울 공과학원을 찾아갔다. 기술사 학원 수강료가 당시 200만 원이었다. 그만큼 큰마음을 먹고 간 것이었다.

그런데 그날따라 학원 문이 닫혀 있었다. 기운차게 향했던 발걸음을 돌려 돌아오는데 그렇게 헛헛할 수가 없었다. 조금 후 가만히 생각해보니 오히려 잘된 일이었다.

'그래, 기술사가 되는 게 내 목표가 아니었잖아. 원래 내 꿈으로 돌아가자!'

종착지에 다다라야
의미가 있다

기술사의 길을 접은 뒤로 1년 반쯤의 기간 동안 나는 시험을 위한 공부를 하지 않았다. 은행원의 꿈을 가진 뒤로 그런 적은 처음이었다. 그 대신 은행에서 창구 후선 업무를 적극적으로 도왔다. 몇 년 전에 카드와 마이너스 대출 유치를 열심히 하다가 중단한 뒤로 금융 업무에 나서는 데 있어서 어딘지 모르게 소심해져 있었는데, 마음을 고쳐먹고 다시 적극적으로 나서기 시작했다.

마침 새로 주병옥 지점장님이 부임하셨다. 이분은 평소 책을 많이 읽으셔서인지 아이디어가 많으셨다. 은행 측

사정에 따라 5분 이상 고객 업무가 지연되면 1,000원을 현금으로 보상해 주는 '대기시간 보상제'를 만드는 등 새로운 시도를 많이 하셨다.

그중 하나가 소식지를 만드는 것이었다. 우리 지점 인근 고객들의 소소하고 훈훈한 이야기를 담는 월간 신문을 만들자는 것인데, 그 취지에는 다들 공감했지만 선뜻 맡으려는 사람이 없었다. 그도 그럴 것이 기존 업무에 추가해서 맡기에는 업무량이 만만치 않을 것이기 때문이었다.

아니나 다를까 궂은일을 도맡던 내가 담당자가 됐다. 정확하게는 자의반 타의반이었다. 한 번 해 보고 싶은 의욕도 생겼던 것이다.

처음에는 어디서부터 어떻게 손을 대야 할지 알 수 없었다. B4 크기 용지 앞뒤에 지점장 인사말과 고객 인터뷰, 직원 인터뷰 등을 넣는 것인데 인터뷰 대상 정하랴, 취재하랴, 글 쓰랴, 편집하랴 하다 보면 한 달이 그냥 지나갔다.

그 당시는 컴퓨터로 가능한 작업도 별로 없어서 그림을 그려서 오려 붙이고 복사하는 식으로 만들어야 했다. 삽화를 꽤 그릴 줄 아는 직원이 있었는데, 은행 업무가 바쁘다고 손사래를 치는 그에게 고개를 숙여가며 부탁해서 삽화를 받곤 했다.

그렇게 만든 「황학지」는 1,000부를 인쇄해서 인근의 중앙 시장과 거래 업체들에 지점을 홍보할 때 적극 활용했다. 아침에 인쇄된 신문을 받아와서 직원들과 구역을 나눠 돌릴 때면 흥분되기도 했다.

한 번은 고객 인터뷰로 황학동 중앙시장에서 40년을 장사한 토박이 횟집 사장님 이야기를 실었다. 그런데 신문이 나오자 항의가 빗발쳤다. 다른 횟집 사장님들이 "왜 저 사람만 인터뷰해서 실어 주느냐. 그 가게만 광고해 주는 것 아니냐."고 불만을 표한 것이다. 일일이 찾아가 사과하고 오해를 푸느라 진땀을 뺐다. 이 일로 작은 일을 할 때에도 책임이 따른다는 것과 이해관계자들의 관점을 두루 살펴야 한다는 교훈을 얻었다.

「황학지」는 지점장이 바뀔 때까지 총 15개월 동안 15회를 만들었다. 자랑스러운 것은 아무리 바쁘고 손이 부족해도 한 번도 거르지 않고 매달 발간했다는 것이다. 시간에 쫓겨 힘든 때도 많았지만 참 좋은 경험이었다.

보기에 따라서는 별 의미 없는 일에 많은 노력과 시간을 투자한 것 같겠지만 내게는 나름의 의미가 있는 일이었다. 지점의 범위를 넘어서 고객들을 만나러 다닌 경험은 나중에 은행 업무를 본격적으로 시작한 뒤에도 도움이 됐다. 모두가 꺼려하는 일을 맡아서 잘 수행한 것이 지점 사람들에게 긍정적인 인상을 준 것도 사실이었다. 특히 당시 지점장님은 나를 높이 평가해 주셨다. 그분과는 퇴직 후에도 가끔 만나 소주잔을 기울이며 그때를 떠올리곤 한다. 열정적으로 그리고 즐겁게 일할 수 있었던 좋은 시간이었다.

그 밖에도 이 시기에는 책임자를 따라다니며 영업 활동을 배웠다. 가계 대출, 집단 대출, 카드 모집 등 영업을 나갈 때 과장님이 "이 주임, 같이 가 봅시다!"라고 하면 동행해서 업무 보조를 했다. 서류를 챙기는 등의 단순 업무뿐 아니라 고객과 상담하는 법, 대화하는 법 등을 배우니까 재미가 있었다. 주로 소박하고 가식 없는 시장 상인 분들을 만나기 때문인지 마음이 편하고 즐거웠다. 점점 더 은행원 일에 대해 '내 적성에 맞는 일'이라는 생각이 들었다.

이렇게 나열해 놓으니 각기 다른 날에 한 일들 같겠지만, 실은 이 모든 일들을 하루에 다 하는 경우가 태반이었다. 보일러기사 업무하랴, 소식지 내랴, 공사 감독하랴, 창구 단순 보조 업무하랴, 거기다 외부 영업까지 따라다니려면 몸이 몇 개여도 모자랐다.

그렇지만 신기하게도 모든 일에 신바람이 났다. 새로운 것을 배운다는 것, 경험이 생긴다는 것, 내가 어떤 역할을 할 수 있다는 것이 다 좋았다.

사업으로 성공한 친구들은 "네가 사업을 하면서 이렇게 바쁘게 뛰었다면 큰 돈 벌었을 것"이라고 했다. "고시 공부를 했으면 출세를 하고도 남았겠다."는 친구도 있었다. 칭찬이면서도 은근히 '내 노력이 헛된 것이 아닌가?' 싶게 만드는 말들이었지만 크게 개의치 않았다. 그럴 시간에 지금 할 수 있는 노력을 더 하고 싶었다. 그래서 가고 있는 길의 종착지에 다다라야만 지난 시간들이 아깝지 않을 터였다.

이때의 노력은 나름대로 하나의 결실을 맺고 있었다. 이제는 지점의 모든 사람들이 분명히 알고 있었다. 내가 창구 업무를 원하고 있으며 필요한 모든 자격을 갖췄다는 사실을 말이다. 열매가 무르익어 가고 있으며 곧 떨어질 때가 온다는 것은 정해진 사실이었다. 다만 그게 언제인지 모를 뿐이었다.

나는 '어서 발령이 났으면….' 하고 조바심을 내기보다는 가능한 준비를 하나라도 더 하면서 기다리기로 했다. 때때로 주어지는 쉬운 업무들을 확실히 해내면서 하나둘 업무 영역을 넓혀갔다. 주전이 자리를 비울 때마다 '땜빵' 출전하던 후보 선수가 어느 순간 주전이 되는 것처럼, 곧 내게 기회가 오리라고 믿었다.

••••

"삶을 하나의 무늬로 바라보라.
행복과 고통은 다른 세세한 사건들과 섞여 정교한 무늬를 이루고
시련도 그 무늬를 더해주는 재료가 된다.
그리하여 최후가 다가왔을 때 우리는
그 무늬의 완성을 기뻐하게 된다."
- 영화 '아메리칸 퀼트' 중에서 -

Achieve a dream with passion

Part 6

마흔셋 – 창구 담당 행원이 되다

남들에겐 괴로워도
내게는 즐겁다

스물넷에 기업은행에 운전기사로 입사해서 그해 '3년 안에 은행원이 되겠다.'는 꿈을 가졌다. 태어나 처음 가져본 구체적인 꿈이었다. 그 꿈이 내 인생을 달라지게 했다. 19년을 하루같이 달리게 했다.

고객에게 금융 상담을 하는 모습을 그리면서, 그 목표에 다다르기 위해 참으로 먼 길을 돌아갔다. 보일러기사가 되기 위해 긴 시간 노력했고, 기술계 행원으로 전직하기 위해서는 전문대 학사, 열관리 기사 자격, 4년제 학사 학위까지 취득해야 했다.

그런 먼 길을 돌아오면서도 끊임없이 바라고 그리던 그

일을 2002년 2월, 드디어 시작할 수 있었다.

　혹자는 꿈을 이루고 나면 허탈해질 거라고 한다. 꿈은 꿈일 때 아름답지, 막상 현실이 되고 나면 빛이 바랜다고도 했다. 실망하게 된다고 했다.

　내게는 그렇지 않았다. 그러기에는 너무 귀하게 가진 자리였다. 제대로 해 보기도 전에 실망하기에는 가까이서 지켜보며 준비한 시간이 너무 길었다.

　은행 창구에 앉은 나에게 앞으로는 무엇이 목표이고 꿈이었을까? 아내에게 "꼭 과장까지 오르겠다."고 한 약속이 남아있긴 했지만 거기 매달린 것은 아니었다. 그보다는 맘껏 '좋은 은행원'이 되는 노력을 하고 싶었다. 지금은 아닌 어떤 것이 되기 위한 노력은 절박했지만, 하고 있는 일을 더 잘하기 위한 노력은 재미있고 신이 났다.

　지점 직원들과 위화감을 줄이고 자신감을 얻기 위해 CS 리더로 노력한 일, 부족한 금융 지식을 보완하기 위해 각종 자격증을 따며 공부한 일은 앞에 설명했다.

부족한 점도 많았지만 내게는 다른 은행원들이 갖지 못한 장점도 있었다. 밑바닥 인생을 경험했기에 고객들에게 조금 더 친숙하게 다가갈 수 있다는 것이었다.

은행원이라면 누구나 '고객 관리'의 중요성을 알지만, 그 의미를 피상적으로만 생각하는 경우가 많다. 창구에 마주 앉았을 때의 고객만 보기 때문에 다른 측면을 감안하지 못할 때도 많았다.

나는 달랐다. 오랜 시간 객장에서 온갖 잡무를 보면서 고객들에게 행여나 불편한 점이 없는지 살펴 온 터라 조금 더 인간적으로 대할 수 있었다.

고객 관리 파일에 생일 등 기념일을 적는 것은 물론, 고객이 다녀간 뒤 나눈 대화 내용들과 관심사 등 사소한 것들까지 기록했다. 컴퓨터로 기록하는 것이 더 쉬웠지만 머릿속에 기억해 두기 위해서 손으로 쓰면서 정리했다. 그래서 다음에 만나면 "아, 그걸 기억하고 계시네요?"라는 말을 들을 수 있도록 했다.

생일과 기념일에는 축하 문자메시지를 보냈고, 정기적으로 안부 인사와 희망의 메시지를 보냈다. 하나를 보내더라도 판에 박힌 상용구가 아니라 새로 작성한 문장으로 진심을 전하려고 했다.

고객과 대면 상담을 할 때도 되도록 기분 좋은 메시지를 전하려고 애썼다. 차를 드릴 때면 "정성을 담았습니다. 드시면 엔돌핀이 팡팡 솟아 더욱 건강해 지실 겁니다!"라는 식의 말을 건넸다. 대출 업무를 할 때면 "제가 대출해 드리면 다 부자 되십니다."라고 했다. 아무리 바빠도 상담이 끝나면 지점 문 앞까지 배웅해 드렸다.

내가 근무했던 성동 지점에는 오랜 전통시장인 중앙시장이 있어 자영업자들이 많았고, 서민층, 어르신 고객들이 많았다. 따뜻하게 정을 나누는 정서가 있어 내 이런 노력을 긍정적으로 봐 주시는 분들이 많았다.

내 친절함에 반했다며 "이철희 계장의 영원한 팬이 되겠다."고 해주시는 분도 있었다. 지인들에게도 나를 소개해 줬다. "부지런하고 싹싹한 사람이라고 들었다."면서 나를 찾아오는 고객들도 생겨났다.

골치 아픈 일들도 있었다. 은행에서 일하다 보면 과도하게 억지 민원을 제기하거나 협박하는, 요즘 말로 '진상 고객'들도 만나게 된다. 내게 다른 점이 있다면 이들을 '진상 고객'으로만 대하지 않았다는 것이다.

심하게는 화가 난다고 창구 위의 칼톤(접시)을 들어 직원 얼굴에 집어던질 듯 위협하는 경우도 있었다. 그러나 이 사람이라고 해서 어느 순간, 어느 상황에서나 그렇게 감정을 통제 못하지는 않을 것이다. 어떤 이유든 기분이 언짢은 상태였다면 창구 직원의 평범한 말 한마디가 감정을 폭발시킨 기폭제가 됐을 수 있다. 반대로 직원의 따뜻한 말 한마디가 청량제처럼 기분을 풀어줄 수도 있을 것이다.

그렇기에 아무리 억지 부리는 듯 하는 고객이어도 최대한 그 처지를 헤아리려고 하면서 예의를 갖춰 대했다. 그리고 공감해 주려는 뜻을 전하면서 왜 그렇게 화가 났는지를 물으면 해결의 실마리가 보였다. 전후 사정을 파악한 뒤 고객 입장에서 처리해 주려고 하다 보면 생각보다 쉽게 화가 풀렸다. 금세 태도를 바꾸고 사과하는 사람도 의외로 많았다.

한번은 조직폭력배 같이 덩치 크고 험상궂은 고객이 불같이 화를 내면서 입에 담지 못할 욕설을 퍼부었다. 지점 안의 모든 직원들이 겁을 먹고 나서지 못했다. 나는 차분하게 다가가서 "안으로 들어가셔서 차를 한 잔 같이하시자!"고 했다.

마지못해 들어준다는 식으로 상담실에 들어온 그 고객에게 마음껏 사정 이야기를 하도록 한 뒤에 약간 과장되게 호응하고 맞장구를 쳐 주었다. 알고 보니 그 고객은 길 건너에서 오락실을 운영하면서 동전을 바꾸러 자주 오는데, 그때마다 창구 직원이 싫어하는 기색이 너무 역력해서 괘씸했다는 것이다. 그 점이 너무 싫어서 일부러 은행 거래도 가까운 우리 지점이 아닌 먼 곳의 다른 은행 지점으로 가서 한다고 했다.

들어보니 그 고객의 심정도 이해가 갔다. 이야기를 다 들어드린 뒤에 마음이 다소 풀린 듯하자 우리 직원들의 입장도 설명해 주었다. 그랬더니 금방 유순해져서 "화를 내서 미안하다."고 했다. 그리고 우리 지점의 단골 고객이 됐다.

이런 일들을 겪으며 가만히 보니 오히려 거칠게 항의하고 시끄럽게 떠드는 사람들의 마음을 얻기가 더 쉬웠다. '내 마음을 알아 달라!'는 욕구가 강한 사람들이기 때문이다. 이런 경험이 많아지자 직원들이 나를 '해결사'라고 불러주기도 했다.

어느 날, 정도가 심한 민원이 발생했다. 공무원으로 퇴
직하신 분인데 주가지수에 따라 이자가 변동되는 은행 상
품에 가입하고는 이자가 조금 나왔다고 항의를 하는 것이
었다. 당시 본인이 원해서 가입을 했고, 직원에게 자세한
설명을 들은 후에 본인 자필로 서명도 했음에도 전적으로
직원 잘못이라고 주장했다.

"이대로 가만히 앉아 당하지 않겠다."면서 얼마나 화를
내는지 전 지점 직원들이 일을 할 수 없을 정도였다. 상급
기관에 민원을 내겠다고 엄포를 놓더니 실제로 청와대에
민원을 제기하기도 했다.

담당 직원은 아니었지만 내가 나서서 그 고객을 3일간
쫓아다니며 설득했다. 지치지도 않고 따라다니는 내가 얼
마나 귀찮았던지 그분은 "잘못도 없는 당신이 왜 이 고생
이오?" 하고 물었다. 나는 "우리 지점 잘못은 모두가 같
이 책임져야 할 일이니까요."라고 답했다. 결국 그분은
민원을 취하했다. 본래 담당자였던 직원은 무척이나 고마
워했다.

그렇게 남들이 괴로워하는 일에 적극 나선 이유는 단순했다. 하나하나가 즐거웠기 때문이었다. 무려 19년을 하고 싶었던 일인데 그 정도 시달리거나 싫은 소리 듣는 정도는 고된 축에도 들지 못했다.

넘지 못하는 선은
이제 없다

마음에 걸리는 점은 있었다. 언젠가 책임자가 될 수 있다는 희망이 보이지 않는 것이었다. 상반기, 하반기 한 번씩 돌아오는 승진 시기마다 책임자 승진을 한 직원과 하지 못한 직원들 사이에서는 희비가 엇갈렸다. 나는 그럴 때면 혼자 보일러실로 내려가 허공을 바라보며 마음을 달랬다. 나는 아예 승진 대상자도 아닌 것 같아서 괴로웠던 것이다.

남들에게는 열심히 하다 보면 책임자가 될 수 있다는 희망이 있는데, 왜 내게는 그렇지 않을까? 나는 열심히 일하건 말건 승진이라는 것은 한 번도 못해보고 직장생활을 마치도록 돼 있는 것일까?

이것은 사람들이 나를 '보일러기사 출신'이라고 무시하는 것 같을 때의 서운한 감정과는 달랐다. 어려서부터 늘 가져온 '내게 넘을 수 없는 선이라는 것이 있는가?'라는 질문의 연장선에 있는 감정이었기 때문이다.

나 말고도 기술계 행원으로 책임자 시험에 합격한 선배들은 더 있었다. 그러나 그들 중에서 실제로 책임자 승진한 사람은 한 명도 없었다. 기술계 행원으로 전직할 수 있도록 한 제도는 사실상 신분 전환 자체에만 의의를 둔 것이었다. 전환이 된 사실에만 만족해야 할 뿐 기존의 은행원들처럼 금융 업무를 수행할 기회를 얻는 경우는 없었다. 어차피 기술계로 전직할 시점의 직원들은 나이도 많고 평가나 실적 부분에서 동기부여가 안 되다 보니 상대적으로 뒤쳐져 있는 경우가 대부분이었다. 전직 이후에 이를 따라잡을 수 있도록 해주는 제도적 뒷받침은 전무했다.

금융 업무를 할 수 있도록 개인고객팀에 배치된 내 경우가 상당히 이례적인 일이었다. 다음 단계를 위해서 나 스스로 더 할 수 있는 일이 없었다.

이미 창구 업무에서는 1인 2역이라 할 만큼 인정을 받고 있었다. 상품 판매 실적도 좋았고 칭찬도 많이 받았다. 그러나 그것과 승진은 별개의 문제였다. 승진은 잘한 사람 모두에게 줄 수 있는 상장 같은 게 아니다. 대상이 한정되어 있고 그 범위 내에서 한 사람이 승진하면 다른 사람은 승진할 수 없었다. 경쟁 상대를 제치고 더 나은 실력을 인정받아야 따낼 수 있는 열매인 것이다. 그 점을 인식할수록 과연 무엇으로 성과를 내야 할지 고민이 됐다.

문득 떠오른 것이 은행의 환경이 빠르게 바뀌고 있다는 사실이었다. 점점 더 '실적'이 중요해졌다. 특히 그때는 신용카드 신규 가입 유치가 중요했다. 실적이 좋은 직원에게는 인센티브가 부여되고, 해외여행 특전까지 주어지기도 했다.

마침 우리 지점에도 실적 드라이브가 걸렸다. 교사들을 위한 선생님 신용카드가 출시된 것을 기해서였다. 당시 임종삼 팀장님은 "좋은 기회이니 실력 발휘를 해보라!"며 도와주겠다고 했다. 그분과 나는 카드 가입을 받기 위해 인근 학교에 자주 드나들게 됐다. '여기서 한 번 남다른 실적을 내 보자!'고 결심했다.

현실은 녹록지 않았다. 학교 안에 들어가는 자체가 어려웠다. 어렵게 아는 분을 통해 학교를 섭외하고, 선생님들 조회시간에 겨우 5~10분 정도를 할애 받아서 카드 설명을 할 수 있었다. 그러나 한 명의 가입도 받지 못했다.

첫 시도가 그렇게 끝났지만 그래도 포기하지 않았다. '그나마 내가 잘할 수 있는 일'이라고 생각하고 매달렸다.

조회 시간에 안면을 튼 것을 놓치지 않고 다음날부터 각 과별로 돌아다니면서 끈질기게 설득했다. 잡상인 취급으로 모욕감이 들 때도 많았다. 그래도 굴하지 않았다. 한 교과 선생님들에게 최소 다섯 번은 찾아갔다. 당장 카드를 만들어주지 않더라도 '다음에 불러주시면 언제든지 달려오겠다.'는 인상을 심어주려고 노력한 뒤에 웃으면서 학교를 나왔다.

그러기를 계속하자 '이분 참 끈질기시네!' 하면서 카드에 가입해주는 선생님들이 나오기 시작했다. 찾아갔을 때는 면박을 줘 놓고는 미안했는지 다시 불러서 본인도 가입하고 다른 학교의 친구 선생님까지 소개해 준 분도 있었다.

카드에 그치지 않고 대출 상담까지 이어진 경우도 있었다.

그 결과 나는 약 250명의 선생님에게 카드 가입 신청을 받아 지역본부 카드 유치실적 1위를 차지했다.

이렇게 눈에 띄는 실적을 내자 사람들의 인식이 달라지기 시작했다.

"저렇게 열심히 일하는데 승진을 못 하다니….."

이렇게 안타까워 해 주는 사람들이 많아진 것이다. 전에 모셨던 지점장님 한 분은 인사부에 수차례 전화를 걸어서 "이철희 계장을 승진시켜 줘야 한다."고 주장했다고 한다.

그 밖에도 내 승진에 대해 관심을 가지고 격려해 주신 분들은 셀 수 없이 많다. 카드 유치 실적을 낸 것도 학교에 드나들 때마다 함께해 주신 팀장님의 적극적인 도움이 아니었으면 어려웠을 일이었다. 이분들 덕분으로 나는 2005년 7월, 드디어 책임자로 승진했다.

승진 소식을 알리며 당시 모셨던 지점장님은 자기 일처럼 기뻐해 주셨다.

"열심히 하는 사람에게는 꼭 기회가 오는 법이야! 나는 자네가 언젠가는 될 줄 알았어!"

직원들의 축하 인사 사이에서 멍한 표정으로 웃고 있다가 조용히 화장실로 갔다. 문을 닫고 가만히 있자니 가장 먼저 아내가 떠올랐다. "꼭 은행원이 돼서 과장(당시 직함으로는 대리. 2009년 기업은행 전 직원의 직급·호칭이 한 단계 상향조치 됐으므로 지금 기준으로는 과장에 해당된다)까지는 반드시 하고 말겠다."고 했던 약속을 지킨 것이었다.

또 감격스러운 것은, 은행원이 된 뒤 처음으로 경쟁에서 공식적으로 인정받았다는 사실이었다. 평균 열 살 아래 직원들과 똑같은 조건에서의 경쟁이었다. 그리고 그 누구보다도 이기기 어려운 상대, 나태해지고 싶고 그만 포기하고 싶었던 나 자신과의 싸움에서 이긴 결과였다.

한참 뒤쳐져 있는 것이 당연했던, 허덕이며 따라갈 수 있게만 해줘도 행복했던 오랜 시간들이 생각나서 눈물이 났다. 누구에게랄 것도 없이 '감사합니다, 감사합니다!'라고 속으로 되뇌면서 한참을 울었다.

승진이라는 것이 한편으로는 기쁘면서 한편으로는 미안한 일이다. 이번 인사에서 누락된 직원들에게 다가가서

"나이 많은 내가 승진을 해서 미안하다."고 했다. 이 동료들의 도움이 없었다면 내 승진도 없었다는 것을 잘 알고 있었기 때문에 진심으로 고맙고 미안했다. 사람들은 "무슨 말씀이냐?"며 다시 진심으로 축하해 주었다.

두 사람 몫의 일을
계속한 이유

책임자 승진 후에는 다른 지점으로 발령이 난다. 그래야 새로운 직원들에게 책임자 역할을 제대로 하며 일할 수 있기 때문이다. 그러나 내가 다른 지점으로 가면 책임자와 보일러기사까지 두 명을 충원해야 하는 문제가 있었다.

다시 말하면 나는 창구 담당을 하게 된 뒤로도 보일러기사 역할을 계속해왔다. 아침 7시에 출근해서 습관적으로 건물을 한 바퀴 돌아보며 이상 유무를 점검하고, 기계들이 완벽하게 작동할 수 있도록 관리해 놓은 뒤에 창구 담당으로 업무를 시작했던 것이다. 내가 너무나 자연스럽게 두 역할을 담당했기 때문인지 다른 사람들도 별 문제를 느끼지 못하고 있었다.

책임자가 된 뒤에도 성동 지점에 남았다. 책임자 업무와 보일러기사 일을 병행한 것이다.

2010년에는 차장이 됐다. 그때까지도 보일러기사 일은 계속했다. 그것이 나를 키워준 은행에 대한 보답이라고 여겼다. 나는 '아침형 인간'이라 아침 7시에 가장 먼저 지점에 출근해서 건물 관리를 하는 것이 그리 힘들지 않았다. 이 일을 마쳐 놓고 창구 업무를 시작하기 전까지의 시간을 알차게 활용하기도 했다.

물론 혼자 힘만으로 두 몫을 다 할 수 있었던 것은 아니다. 내가 업무상 자리를 비우거나 바쁠 때 변함없이 내 몫을 해주면서 건물 관리를 도와주신 염경수 서비스매니저(청원경찰)가 있어서 가능한 일이었다. 이분은 참으로 배려심이 깊고 성실하셔서 은행에서 퇴직하신 뒤로도 모든 직원들이 원해서 다시 성동 지점의 서비스 매니저로 채용돼 계속해서 근무하고 계신다.

그러던 어느 날이었다. 오후 5시쯤 갑자기 지점장님 호출이 왔다. 서둘러 지점장실로 들어가니 지역본부의 본부장님과 팀장님이 와 계셨다. 내가 무슨 잘못을 했나 걱정이 앞섰다.

알고 보니 내가 보일러기사로 겸직을 하고 있는 문제 때문에 나오셨다는 것이다. 그때 인사를 담당하셨던 전 조준희 행장(당시 부행장)님이 내 사정을 아시고는 "아무리 보일러 업무를 하다가 전직을 했다고 해도, 책임자가 됐는데도 일반 업무를 하면서 보일러 업무를 병행한다는 게 말이 되느냐?"고 하셨다는 것이다.

"본인이 스스로 안 하겠다고 어떻게 말하겠습니까? 지점에서 알아서 처리해줬어야 하는 것 아닙니까? 다른 직원들이 책임자를 어떻게 보겠습니까? 보일러기사를 채용할 돈이 없어서 그런 거라면 내 봉급이라도 내놓겠습니다."

이렇게 말씀하셨다는 얘기를 듣고 나는 입을 다물 수가 없었다. 상상도 못한 일이었다. 조 부행장님과 인연이 있기는 했지만 그분은 기억도 못하실 것으로 생각할 만큼

희미한 것이었다. 내가 본점 비서실 소속으로 운전기사를 시작한 직후였던 1984년에 행장 수행 비서를 하셨던 것이다.

그때 잠깐 봤을 뿐인 나를 부행장이 되셔서 기억하시고 챙겨 주시다니, 게다가 자기 봉급을 내준다는 말까지 하시면서 업무 조정을 지시하셨다는 말을 들으니 감격할 수밖에 없었다.

바로 부행장님께 전화를 드렸다.

"제가 충분히 감당할 수 있는 일이고, 제 도리라고 생각해서 한 일이었습니다. 제 힘이 필요 없을 때까지는 계속하고 싶습니다."

부행장님은 내 말을 수긍하시면서 "대신 언제든 힘들면 말하라!"고 격려해 주셨다. 이후로도 회의 시간에 몇 차례나 내 칭찬을 하면서 '모범 직원'이라고 말씀하셨다는 얘기를 전해 들었다. 그렇게 해서 보일러기사 일은 얼마간 더 이어갔다.

• • •

"행복을 즐겨야 할 시간은 지금이다.
행복을 즐겨야 할 장소는 바로 여기다."
- 로버트 인젤손 -

Part 7

쉰둘—
예금왕이
되다

최고의 세일즈맨은
신뢰를 판다

내 목표는 이제 '최고의 세일즈맨'이 됐다. 사실 내가 20 대 때 처음 꿈꿨던 은행원은 '세일즈맨'은 아니었다. 그때 는 은행원이 하는 일이 구체적으로 무엇인지 잘 몰랐다. 그 본질이 '세일즈맨'이라는 걸 알았으면 어땠을까? 책 외 판원, 타이어 판매 사원과는 그래도 다른 일이라고 생각 했을까, 아니면 내 길이 아니라고 고개를 돌렸을까?

이미 그때의 내가 아니기에 정확히는 모르겠지만 그래 도 나는 은행원이 되려고 하지 않았을까 싶다. 운명이란 그런 게 아닐까?

최고의 세일즈맨은 어떤 물건을 파는 사람이건 결국은 같은 것을 파는 셈이라는 말을 들었다. 바로 '신뢰'다. 나는 이 말을 듣고, 신뢰를 판다는 것은 곧 나 자신을 파는 것이라고 생각했다.

어렵게 은행원이 됐기 때문인지, 고객들이 하나같이 반갑고 소중했다. 그런 고객들에게 필요하지도 않은 상품을 떠안기고 싶지 않았다. 내 실적을 올리기 위해 이용할 대상으로, 한 번 상품을 팔고 다시는 안 볼 사람으로 여기고 싶지 않았다. '내 고객'은 반드시 '평생 고객'으로 삼고 싶었다.

이런 진심은 통하게 마련이다. 늘 통명스러운 고객에게도 반갑게 인사를 하고, 화를 내는 고객에게는 일곱 번이고 여덟 번이고 마음의 문을 두드렸다.

나는 특히 대출을 받으러 온 고객들을 각별히 대했다. 대출을 받으러 왔다는 것은 어떤 필요가 생겼다는 것이고, 서민층이 많은 우리 고객들에게는 절박한 필요인 경우가 많았다. 개중에는 다른 은행 여러 곳을 가 보고도 대출을 받지 못해 마음이 많이 위축돼 있는 분들도 있었다. 그렇기 때문에 따뜻하게 대해 드리고 내가 할 수 있는 범위 내에서 최선을 다해 대출을 받을 수 있게 해 드리면 돌아오는 반응이 달랐다. 내 손을 잡고 고맙다고 하는 분들도 적지 않았다. "꼭 성공해서 보답하겠다."는 분도 있었다.

　이런 일도 있었다. 지점 근처 건설현장에서 인부들 대상으로 임시 식당을 운영하는 여자 사장님이 계셨다. 포항 출신으로 구수한 사투리에 항상 에너지가 넘치는 분이었다. 그런데 언제부턴가 대출이자를 못 내시더니 연체가 이어졌다. 전화도 문자도 받지 않아 직접 찾아가 보았다. 식당에는 종업원 두 명만 있었고 사장님은 안 보였다. 분위기를 보니 식당 운영도 잘 안 되는 것 같았다. 종업원들은 "요즘 사장님이 잘 안 나오신다."고 했다.
　나는 종업원들에게 "사장님 오시면 이철희 과장이 왔다 가면서 꼭 전화해 달라고 한다고 전해달라!"고 부탁하고 돌아왔다.
　며칠 후 통화가 되었고 지점으로 나오셨다. 힘들어 하시는 게 역력했다. "신경 쓰이게 해서 미안하다."는 그분께 차를 드리면서 "그렇게 활기차시던 분이 무슨 일이 있으시기에 그러십니까?"라고 물었다.

그러자 사정을 털어놓으시기 시작했다. 젊어서 아픈 과거를 겪고 고생한 끝에 그나마 이제 집도 장만하고 식당도 잘 돼서 노모 모시고 여유롭게 사나 했는데 불행이 닥쳤다는 것이었다. 사촌동생 사업에 보증을 서 준 것이 잘못 돼서 집도 경매에 들어가게 됐고 노모도 돌아가셨다고 했다. 엎친 데 덮친 격으로 위암 2기 판정까지 받았다. 거기다 경기가 안 좋아 식당까지 안되니 너무나 힘들어 극단적인 생각까지 했다고 했다.

이런 얘기 끝에 어느덧 그분은 창구에 앉은 채로 펑펑 우셨다. 직원들과 다른 고객들이 무슨 일인가 하며 놀라는 기색이었다. 나로서는 어떻게 더 해드릴 일이 없어서 그저 들어드리고 울음을 그치실 때까지 앞에 앉아있기만 했다. 평소에 활기차고 자존심 높던 모습들이 떠오르면서 얼마나 힘들었으면, 얼마나 기댈 곳이 없었으면 내게 이런 모습을 보이실까 하는 마음에 안타까웠다

한참 울고 나서 안정을 찾으신 사장님은 "이 과장한테 이런 쓸데없는 얘기를 해서 미안하다."면서도 "잘 들어준 덕분에 못 했던 얘기를 털어놓았더니 가슴속에 맺혔던 응어리가 내려간 듯하다."고 웃어 보이셨다.

그 뒤로 가끔 뵈었는데 건강이 조금씩 회복되고 있다고 하셨다. 고향으로 내려가게 됐다고 한 뒤로 연락은 끊어 졌지만 종종 생각이 난다. 어디에 계시든 희망의 끈을 놓 지 말고, 식당에서 활기차게 일하시던 그 모습 그대로 행 복하게 사셨으면 하는 바람이다.

이런 일들은 나 자신에게도 큰 힘이 됐다. 고객들에게 도움이 되고 있다고 느낄 때 "은행원이 되기를 잘했다."는 실감이 났기 때문이다.

시간이 지날수록 은행원의 관록이 조금씩 생겨나는 것 같았다. 내가 생각하기에도 말끔하게 양복을 입고 영업장 에 있는 내 모습이 더 이상 낯설지 않았다.

신입행원들이 우리 지점으로 OJT(On the Job Training · 직장 내 교육 훈련)를 왔을 때도 인생 선배로서 떳떳하게 내 경험 을 이야기해 줄 수 있었다. 그럴 때면 감회가 남달랐다. 그 행원들이 내 나이였을 때의 내 모습이 떠올랐고, 그때 의 내가 지금의 이 모습을 상상할 수 있었을지를 생각하 면 미소가 지어졌다.

나는 신입 행원들에게 뭐라도 도움이 되고 싶어 이런 이야기를 해주곤 했다.

"5년 후, 10년 후의 자기 모습을 생각해 본 적 있나요? 그때 가장 행복한 모습으로 일하고, 동료와 선후배에게 괜찮은 사람으로 평가받을 수 있으려면 지금 무엇을 해야 할지 생각해 보세요. 은행원이 된 이상, 나를 찾는 고객들을 많이 만들고 항상 미래를 준비하는 직원이 되었으면 좋겠습니다!"

이 말의 의미를 깊이 이해한 사람이 얼마나 될지는 모르겠다. 각자의 경험만큼 들리고 배우는 것이기 때문이다. 그렇게 OJT 때 만났던 신입행원이 나중에 지점에 와서 같이 근무한 경우도 있었다. 그들이 성장해서 중간 관리자로 중추적인 역할을 하는 것도 봤다. 그런 모습을 볼 때면 내가 괜히 뿌듯한 마음이 들곤 했다.

사실 그때 내게는 정작 뚜렷하게 무엇이 되어야 되겠다는 목표가 없었다. 은행원이 되고, 책임자인 과장으로 승진하고자 했을 때까지는 꼭 이루고자 하는 열망이 있었다. 그러나 그 꿈을 이룬 뒤로 '부지점장이 되고 지점장이 되겠다'는 목표를 다시 세우지는 않았다. 은행 내부의 어쩔 수 없는 사정을 어렴풋이 알고 있었기 때문이었다.

과장으로 승진한 뒤 8년이 지나면 부지점장으로 승진할 수 있는 자격이 주어진다. 그런데 은행 내에는 과장 승진 후 10년 이상 된 직원이 너무도 많았다. 또한 내게는 특별한 문제가 하나 더 있었다. 나중에 알게 된 것이지만, 나 같이 보일러기사 출신인 기술계 행원은 부지점장 승진을 할 수 없었다. 이 제도상의 근본적인 문제를 극복하지 않고서는 승진이 불가능했다.

나는 이때만큼은 이 상황을 '신분의 한계'로 받아들이지는 않았다. 대학 졸업 후 바로 은행원이 된 사람 중에서도 부지점장 승진을 못 하는 경우가 허다했기 때문이기도 했고, 애초에 은행원이 되고 싶었던 이유가 '승진'은 아니었기 때문이었다.

이 시절, 나는 내 직장 생활이 무척이나 즐거웠고 행복했고 감사했다. 매일 아침 습관처럼 5시 50분에 일어나 집을 나섰고 지하철 6호선 신당역에 내려 지점까지 7분 정도 걸어가노라면 정면에서 해가 떠올랐다. 그 햇빛을 받으면 예전에 지하 보일러실에서 자주 불렀던 '쨍하고 해

뜰날' 노래가 떠올라 흥얼거리곤 했다. 이런 하루를 주신 하나님께 감사의 기도가 질로 나왔다.

7시에 지점에 도착해서 보일러 관리도 하고, 책도 보고, 업무 준비를 했다. 텅 빈 객장을 둘러보면 곧 업무가 시작돼 정신없이 바쁘게 돌아갈 지점 모습이 그려져서 가슴이 설레었다.

그런 내게 더 이상 승진은 큰 의미가 없었다. 그러나 삶은 의도한 대로만 흘러가지는 않는다.

첫 번째 성과,
그리고 또 다른 인연

과장으로 일하던 2008년쯤, 우리 지점 인근인 신당동 황학동 일대에는 큰 변화가 일었다. 대규모 재개발로 아파트 단지가 조성된 것이다.

우리 기업은행을 비롯해서 시중 은행들은 그 아파트 분양을 위한 집단대출을 따내기 위해 사활을 걸고 달려들었다. 당시 기업은행은 다른 은행들에 비해 개인 금융과 집단 대출 부문에서 인지도가 높지 않은 편이었다.

그렇지만 당시는 리먼브라더스 사태로 인한 금융위기 여파가 컸고, 다른 은행들은 신용경색 위기를 맞아 주춤하고 있었다. 그 틈을 타서 기업은행은 국책은행의 강점과

금리 경쟁력을 내세워서 집단대출 유치에 적극 나섰다.

 이때 현장을 지휘한 사람이 나였다. 과장이 맡을 만한 일이 아니었지만 당시 우리 팀장님은 나를 '행동대장'으로 지칭하며 신명나게 일할 수 있도록 최대한 지원하고 격려해 주었다.

 주말도 반납하고 정신없이 뛰어다닌 결과로 4곳에서 약 500억 원의 집단대출을 유치할 수 있었다. 1인당 대출액이 평균 1억 안팎이니까 400~500명에게서 대출을 성사시킨 셈이었다. 물론 전례가 없을 정도의 규모는 아니었지만 나에게는 그 의미가 컸다. 처음으로 지점 차원의 프로젝트를 책임지고 진행해 성공적인 결과를 낸 것이기 때문이었다.

 대출 건수가 워낙 많다보니 지점 직원 거의 대부분이 이 일에 손을 보태야 했는데, 그 모든 작업들이 내 지휘 하에 진행된다는 데서 오는 희열이 있었다.

 그리고 이 일은 뜻밖의 성과로도 이어졌다. 지점 바로 옆 주상복합건물의 집단대출 업무를 보고 있던 날이었다.

상담을 마치기 무섭게 유선 전화와 휴대전화를 번갈아서 받아야 할 만큼 바쁘던 날이었다. 중년 신사 한 분이 앞에 와 앉으셨다.

명함을 받았는데 평소 같으면 소속된 회사와 직함 등을 유심히 봤겠지만 너무 바쁜 날이라서 이름만 확인하고 챙겨 넣었다. 곧 아파트에 입주하실 분이었는데, 대출을 받을 수 있도록 친절하게 도와드렸다. 보험 가입도 필요한 상황이었는데 최대한 혜택을 받을 수 있도록 해 드렸다. 그렇게 일을 마무리 짓고 기분 좋게 웃으면서 상담을 마쳤다.

그 뒤로 신사 분은 대출 건 등으로 두어 번 정도 더 뵈었는데, 좋은 인상을 받으셨는지 사모님을 우리 지점의 주거래 고객이 되도록 하셨다. 그 이후 사모님이 지점에 오실 때마다 반겨 드리고 가정사 이야기, 간호사 출신으로 교회 활동과 봉사 활동을 병행하고 있다는 말씀 등을 들으며 담소를 나눴다. 그렇게 1년 정도 인연이 이어졌다. 지점 근처 한의원에서 봉사활동을 하신다는 얘기가 기억나서 한의원 앞을 지날 때면 인사차 들르기도 했다.

그런데 얼마 후 차장으로 승진했을 때 난 화분이 하나 들어왔다. 리본에는 어떤 회사의 이름과 성함이 쓰여 있었다. 곰곰이 생각해 보니 그 신사 분이었다. 특별히 더 해드린 것도 없는데 이렇게 축하를 해 주다니 참 세심한 분이라고 생각했다.

그분을 처음 뵌 뒤로 1년쯤 후인 2011년 8월초, 전화 한 통이 걸려왔다. 자신을 어느 기업체 간부라고 밝혔는데 순간 누군지 알아듣지 못했다. 잠깐 생각해 보니 그 신사 분이었다.

"우리 회사 자금을 이철희 차장이 관리해 주시면 좋겠습니다. 이 차장께서 잘하실 것 같은데요!"

나는 귀를 의심했다. 그러고 보니 그때까지도 그분의 회사와 직함을 정확히 알아놓지 않고 있었다. 당황해서 전화를 끊자마자 급히 명합첩을 찾아봤다. 명함에 쓰인 회사명을 검색해 보니 프랑스에 본사를 둔 수처리 전문 다국적 기업이었다. 국내에만 6개 계열사를 둔 꽤 큰 규모였다. 그분은 그 기업의 부사장으로 재무본부장 직책을 맡고 있었다. 그런 분이 인정해주고 직접 전화해서 기회를 주시다니 믿을 수가 없었다.

한 가지 걸리는 게 있었다. 내가 기술계 행원 출신이라
는 것을 알면 어떻게 생각하실까? 하는 것이었다. 혹시
실망하시더라도 솔직하게 말씀을 다 드리는 것이 도리라
고 생각했다.

해외출장이 잦으신 분이라 한참 후에야 직접 만나 뵐 수
있었다. 함께 식사를 하며 들어보니 회사 자금관리를 맡
길만한 은행을 물색 중이라고 했다. 아니나 다를까 그분
은 조심스러워 하면서 내게 물으셨다.

"이렇게 열심히 일하는 분 직급이 왜 아직 차장밖에 안
됩니까?"

나는 주저 없이 그동안 지나온 과정을 설명해 드렸다.
이렇게 큰 기업의 자금을 맡긴다는 것은 그만큼 큰 신뢰
를 주고자 한다는 뜻인데 작은 것 하나라도 덜거나 감추
고 싶지 않았다.

은행에 운전기사로 들어와 보일러기사를 거쳐 차장까지
됐다는 내 얘기를 듣더니 그분은 고개를 끄덕였다.

"오랫동안 조직을 이끌어 오면서 수많은 은행과 거래를
해 봤는데 이 차장처럼 열정적으로 일하는 분은 별로 보

지 못했습니다. 그런데 나이에 비해 직책이 낮기에 혹시 직장생활을 하면서 사고가 있었거나 조직에 무슨 문제가 있어서인가 생각했습니다. 지금 말씀하신 것을 들으니 의문이 풀리네요."

들어보니 그분도 적잖은 역경을 겪으며 미래지향적으로 살아온 분이었다. 동병상련, 이심전심으로 마음이 통해 허물없는 식사 자리가 됐다.

"회사에서 많은 은행과 거래를 해 봤지만, 진짜 신뢰를 주는 경우는 별로 없었습니다. 은행원들은 대부분 처음에는 고객을 위하는 것 같지만 상품 판매가 끝나면 바로 열의가 약해지더군요. 그런데 이 차장은 시간이 지나도 한결같으셔서 그 열정에 감복했습니다."

이렇게 말하면서 부사장님은 곧 경쟁 심사를 통해 주거래은행을 재선정할 계획이니 제안서를 보내라고 했다.

자금 관리를 맡을 수 있을지 없을지는 경쟁을 해봐야 아는 것이었지만 일단 나를 그렇게 생각해 주는 고객을 만났다는 자체가 기뻤다.

내 도전과 열정이
드라마가 되다

며칠 후, 부지점장님과 함께 제안서를 들고 그분의 회사를 방문했다. 실무자들은 따뜻하게 대해주기는 했지만 '기존 은행과 별 불편 없이 거래를 하고 있는데 왜 굳이 은행을 바꿔야 하나?'라는 의문도 생기는 모양이었다.

그때 우리가 실수한 게 있었다. 담당자들과 첫 대면을 하는 자리에 하절기 근무 복장인 반팔 티셔츠 차림으로 간 것이었다. 굉장히 더운 날씨긴 했지만 무례하게 받아들일 수도 있는 일이었다. 그에 반해 타 은행 직원은 정장을 갖춰 입고 와 있었다. 우리가 부사장님의 우호적 태도를 믿고 방심했던 것이었다.

만난 자리에서 담당자들은 긍정적이고 편안한 태도였다. '인상이 그리 나쁘지는 않았나 보다.' 하고 안심하고서 기분 좋게 지점으로 돌아왔다. 그러나 피드백을 받아보니 반응이 좋지 않았다.

"다음 번 기회가 되시면 좀 젊은 직원이 와 주시면 좋겠습니다."

이 말에 탄식이 절로 나왔다. 내 딴에는 상급자인 부지점장님과 함께 가는 것이 좋겠다고 여긴 것인데, 내 나이가 많다보니 나이 지긋한 사람 둘이서 찾아간 셈이 된 것이었다. 거기다 옷차림도 신경 쓰지 않았으니 초면에 상당히 예의가 없었던 것으로 받아들여진 모양이었다.

생각할수록 후회막급이었지만 그렇게 놓치기에는 너무 아까운 기회였다. '위기는 기회'라는 말이 떠올랐다. 다시 시작하는 마음으로 만회할 방법을 찾아봤다. 두 번째 방문 기회가 있다면 어떻게 해야 할지를 고민, 또 고민했다.

다행히 두 번째 방문 기회가 왔다. 이번에는 '반드시 우리가 그 회사의 주거래은행이 되겠다.'는 결심으로 본부의 자금관리, 외환, 투자 부서의 전문가들에게 동행해 달라고 요청했다. 본부 시스템 관련 부서에서 프레젠테이션을 제일 잘한다는 팀장에게도 특별히 부탁해서 와 달라고 했다.

우리 회사와 거래하게 되면 어떤 이점이 있는지를 시스템 측면에서 부각하는 프레젠테이션을 했다. 날카로운 질문들이 이어졌지만 전문적이고 여유롭게 잘 답변했다. "고객이 미처 생각하지 못한 불편사항까지도 선제적으로 해결하겠다!"고 제안하기도 했다. 고객에게 어떤 도움을 줄 수 있을지에 대한 '윈윈 전략 제안'에 대해 실무자들이 고개를 끄덕이며 만족해하는 것이 보였다.

돌아와 피드백을 받아 보니 지난번과는 확실히 달랐다.

"준비가 잘된 것 같습니다. 계속해서 다음 준비를 잘해 주십시오."

그 뒤로도 세심하게 신경을 써서 계획을 세우고 2차, 3차 설명회도 철저하게 준비한 끝에 최종적으로 우리가 주거래은행으로 선정될 수 있었다.

그렇게 해서 우리가 유치한 금액은 기업예금 약 500억 원과 외환 2,400만 달러(약 260억 원)였다. 그리고 자금관리와 투자 상담, 부수거래까지 우리가 맡게 됐다.

이 건으로 2011년 11월, 나는 'IBK 전국 예금왕'에 올랐다.

예금왕을 비롯한 포상 직원들은 은행장과 함께 식사를 하게 되는데 그때 은행장님이 조준희 행장님이셨다. 나를 반겨 맞아 주신 조 행장님은 유치 과정을 들으시고 이 이야기를 전국지점장회의에서 우수사례로 발표했으면 좋겠다고 하셨다.

얼마 후, 900여 명의 지점장뿐만 아니라 생방송을 통해 전국 지점 직원들이 지켜보는 우수사례 발표 자리에 서게 됐다. '도전과 열정'이라는 주제로 내 인생 이야기와 이번 기업 예금 유치 사례를 발표했다.
참석한 지점장님들의 반응은 뜨거웠다. 많은 분들이 내 이야기에 눈물이 났다고 했다.
"왜 울리고 그러세요."
"감동의 드라마네요."
"저희 세대가 겪은 아픔과 세월을 뒤돌아보게 하는 시간이었습니다."

생방송으로 보았다는 많은 직원 분들께도 연락을 받았다. 같이 일했던 분도 있었지만 일면식도 없는 분도 있었다. 이메일을 숱하게 받았고 직접 쓴 손 편지를 받기도 했다.

이 일은 내게는 '굴레를 벗어던진' 사건이었다. 그동안 은행 직원들에게 내 과거를 공공연히 말한 적이 없었다. 전에 보일러기사였다는 정도만 알려져 있었다. 아주 친한 직원들에게만 "운전기사에서 보일러기사로 전직했다."고 얘기를 했었다.

그런 과거가 창피하다고 생각한 적은 없었지만 어쩐지 말하게 되지가 않았다. 직업에는 귀천이 없고, 이제 신분 같은 것은 없다고들 하지만 현실에서는 그렇지만은 않았다. 누구나 자기보다 나은 사람과 친해지고 싶지, 못한 사람과 친해지려는 사람은 없었다. 그런 세상에 유달리 예민한 나였기에 본의 아니게 과거를 숨긴 셈이 됐었는데, 이 우수사례 발표를 통해 한꺼번에 전 직원에게 공개되고 말았다.

홀가분했다. 이제야 미래를 향해 편하게 나갈 수 있겠

다는 생각이 들었다. 그리고 얼마 후, 예금왕이 된 이듬해
나는 부지점장으로 특별 승진을 했다.

• • •

"내가 간절히 원하고 바라면 온 우주가 나를 도와준다."

– 파울로 코엘료 –

Achieve a dream with passion

Part 8

쉰셋—
부지점장이
되다

왕후장상의 씨가
따로 없다

　2012년 1월 부지점장으로 승진한 것과 동시에 나는 성동지점 인근 신당동 출장소장으로 발령을 받았다.

　신당동출장소장 직책은 예전에도 여러 번 제안을 받았었다. 과장 시절에도 당시 지점장님이 내 열정을 높이 사서 한 번 책임지고 일해 보라며 제안해 주셨고, 차장이 된 직후에도 권유가 있었다.

　그러나 그때마다 나는 고사를 했다. 자신감이 없었던 것은 아니었다. 나보다 금융 업무 경력이 많은 직원들을 팀원으로 두고 일해야 하는데 불편해 할까 봐 걱정됐기 때문이었다. 그런데도 이렇게 발령을 받은 것을 보면, 또 그 뒤에 일어난 일들을 보면 신당동출장소와 나의 인연이 보통은 아니었다.

내가 부지점장으로 승진한 그날은 기업은행 전체에 있어 파격적인 날이었다. 조준희 행장님의 '원샷 인사'가 처음 이뤄진 날이었다. 원샷 인사란 전체 1만 400여 명의 직원 중 20%에 가까운 1,910명을 한꺼번에 승진, 이동시킨 것이었다.

기존에는 대개 본부장급 이상과 지점장 이하로 나눠 일주일 이상에 걸쳐 단계별로 발령이 났다. 그러다 보면 직원들은 발령 기간 앞뒤로 꽤 긴 시간 동안 제대로 업무를 볼 수가 없었다. 조 행장님은 이렇게 낭비되는 시간을 계산해서 "임직원 1만 400명이 총 10만 4,000일, 285년을 허송세월하는 셈."이라고 지적하며 기존의 관행을 깨트린 것이었다.

이날 인사의 또 다른 파격은 바로 나였다. 홍보실에서는 '운전기사로 입행해 부지점장까지 오른 인물'이라는 상징성을 보도자료를 통해 대외적으로 알렸다. 나 외에도 전화교환수로 입행해 24년 만에 과장 승진한 여성, 청소년

대표 출신 농구선수로 입행했지만 영업 능력을 인정받아 부지점장까지 오른 인물 등 파격적인 인사들이 언론의 주목을 받았다.

이 특별 승진 인사를 조 행장님은 "왕후장상의 씨가 따로 없다."는 말로 설명했다. 다른 직원들은 그 말을 그저 하나의 수사로 받아들이는 듯했지만 나에게는 달랐다. 늘 내가 말하고 싶었던 것, 증명하고 싶었던 것이 바로 그 말이었다. 부지점장이라는 자리에 오른 것보다도 "내가 옳았다, 내가 제대로 살아왔다."고 인정받은 것만 같은 감격이 더 컸다.

언론에 내 인생역정을 담은 인터뷰가 여럿 실린 날, 아침부터 전화가 쉴 새 없이 울렸다. 기자로 일하고 있는 고교 동창이 새벽부터 연락해 온 데 이어서 전국 각지에서 축하가 쇄도했다.

그중에서 가장 반가웠던 것은 오랜 고객님들의 축하였다. 성동 지점에서 십 수 년 동안 만나 왔던 고객님들 중에는 그야말로 '버선발로 뛰어오신' 분들이 있었다. 항상 동생같이 따뜻하게 대해주시던 한 고객님은 나를 보자마자 눈물을 흘리셨다.

"항상 밝은 모습만 봐서 이렇게 열심히 살아온 과거가 있는 줄은 몰랐다."면서 "장하다!"고 몇 번이나 말씀하셨다. 지점 옆 건물 김성택 사장님도 "내가 20년간 지켜봤는데 하루에 몇 번을 만나도 살갑게 인사하는 걸 보고 반드시 성공할 줄 알았다."면서 등을 두드려 주셨다. 지난 시간들은 이렇게 하루하루마다 의미를 가지고 있었다.

성동 지점에서의 마지막 날. 나는 지하 보일러실을 둘러보며 잠시 혼자만의 시간을 가졌다. 2년 전에 보일러기사를 그만두라는 당시 조준희 부행장님의 지시가 있었음에도 우겨서 계속해 왔던 일을 이제 자연스럽게 그만둘 수 있게 됐다. 그동안 이 자리를 지키다 명예퇴직하는 것을 당연하게 여기고 있었다. 이렇게 승진해서 떠나게 될 줄은 생각지도 못했었다.

무려 22년을 계속해 온 보일러기사 일이었다. 운전기사에서 전직했을 때, 그 첫걸음에 흥분했던 순간부터 지금까지 숱한 시간을 여기서 보냈다. 답답할 때도, 서러움을 삼킬 때도 여기 내려왔다. 한숨을 푹 내쉬고, 노래 한 자

락을 하고 나면 다시 힘이 나기도 했다. 분명한 사실은 여
기서 많이 성장했다는 것이었다.

은행원이 되기를
잘했다

2012년 1월 15일, 신당동출장소장으로서 첫 출근을 했
다. 살아오면서 느낀 중에 최고라 할 만큼 의욕이 넘쳤다.
지나온 날들을, 앞으로의 가능성을 인정받았다는 기쁨이
등에 날개를 달아줬다. 떡을 맞춰 돌리면서 주변 지역을
발이 아픈 줄도 모르고 돌아다녔다.

'이 새로운 무대에서 내 역할은 무엇일까? 이곳을 어떻
게 성장시켜야 할까? 어떻게 구획을 짓고 어떻게 최적의
영업 전략을 짜야 할까?'

생각이 꼬리에 꼬리를 물었다. 즐거운 고민이었다. 우선
우리 신당동 출장소를 알리는 것이 급선무였다. 주변 관

공서, 목욕탕, 경로당 각종 지역모임 등 가리지 않고 찾아다니며 인사를 하고 얼굴을 알렸다.

이때 나는 '5방5콜'이라는 원칙을 가지고 있었다. 하루에 다섯 곳 이상 방문하고, 다섯 군데 이상 전화한다는 것이다.

영업에는 정해진 공식이 없다. 하루하루의 다른 날씨, 주요 뉴스, 지역 관심사, 고객 가정의 대소사 등이 모두 변수가 된다. 장애물도 많고, 그런 만큼 반전도 많은 것이 영업이다. 때문에 책상에 앉아서 컴퓨터만 들여다봐서는 절대로 성과를 거둘 수 없다고 생각했다. 직접 만나고 통화해서 가슴으로 느끼고, 손으로 적고, 발로 뛰어야 했다.

특히 신당동 일대에는 봉제공장이 많다. 오래된 골목들에 상권이 형성돼 있어서 서울에서는 이제 거의 찾아보기 힘든 '시장'과 '마을'의 형태가 남아있다. 이런 지역의 특성은 입소문이 빠르고, 인심이 중요하다는 것이다.

이 일대에서 만들어진 의류들은 동대문 패션 상가에서 소비되기도 하고, 중간 단계의 가공품들은 중국과 동남아 등으로 수출되기도 한다. 한때는 꽤 활기 있게 돌아가기도 했지만 지금은 영세 공장, 영세 상인들도 많아졌고 재개발만 기다리는 지역들도 적지 않다.

이 지역의 사장님들이 대출이나 금융지원을 문의한다면, 그건 결코 한가한 소리가 아니었다. 나는 직원들에게 "최고의 성의를 가지고 찾아가는 서비스를 하라."고 당부했다. 특히 20~30대 젊은 사장님들을 귀하게 대하도록 했다. 지금은 자본력이 모자라 고생하고 있지만 성장 가능성과 잠재력은 무한하기 때문이었다. 젊은 사업가들의 특징은 기존에 있는 사업, 안주할 수 있는 아이템을 쫓지 않는다는 것이다. 때문에 초창기에 약간의 지원만 받아도 40~50대에 접어들면 성공한 기업가가 될 수 있다. 기업금융을 하려면 이런 사업가들에게 인큐베이터, 파트너가 돼야 한다고 강조했다.

물론 겉으로는 성장세인 것 같지만 실제로는 서류뿐인 곳도 있다. 그렇기 때문에 아무리 작은 사무실, 공장이어도 자주 찾아가도록 했다. 나부터도 고객에게 가정 대소사가 있을 때면 서울에서 멀리 떨어진 지역이더라도 찾아다니며 인간관계를 쌓았다.

그렇게 해서 고객들이 간절히 원하는 대출이나 금융 지

원을 내가 도울 수 있을 때, 그래서 성장하는 사업을 지켜볼 수 있을 때의 행복감은 상상 이상으로 컸다. 내 덕분에 고비를 넘기고 좋은 성과를 냈다며 기뻐하시는 사장님들을 보면서 "은행원이 되기를 잘했다."는 생각이 몇 번이고 들었다.

한 번은 이런 일도 있었다. 주변 동향을 파악하기 위해 아침 일찍 출근해서 동네 목욕탕에 들어갔다. 이른 시간이라 탕 속에는 나 말고 한 50대 남성 한 분만 있었다. 그에게 자연스럽게 다가가서 이것저것 물어보니 작은 공장을 운영하는 사장님이었다. 들어보니 기업은행과 거래한 적은 없다. 한참 공장 운영의 어려움을 비롯한 여러 이야기를 들어 드리면서 친해졌고 그 인연으로 사장님은 우리 지점의 주거래 고객이 되셨다.

이후로 가끔 전화를 드렸는데 어느 날부터 전화를 받지 않았다. 문득 이상한 느낌이 들면서 걱정이 됐다. 공장에도 찾아가 봤지만 소식을 알 수 없었다. 물어물어 집까지 찾아갔다.

사장님은 사업 부진과 이런저런 가정사까지 겹쳐서 우

울증이 왔는지 집밖으로 나오지 않고 두문불출하고 있었다. 거의 매일 다니던 목욕탕에 가지 않은지도 한참 됐다고 했다. 나는 그를·억지로 끌고 나와 목욕탕으로 향했다. 그냥 두기에는 위태로워 보였던 것이다.

도저히 목욕만은 못 하겠다고 버티기에 하는 수 없이 식당으로 목적지를 바꿨다. 식사를 제대로 못 한 지도 한참 된 것 같았다. 식당에 앉아서 두 시간 넘게 이야기를 해보니 심리 상태가 매우 불안했다.

"사장님, 아무래도 신경정신과 상담을 받아보시는 게 좋겠어요."

이렇게 말씀드려봤지만 대꾸가 없었다.

"혼자 가기가 싫으세요?"

말없이 고개를 끄덕이기에 망설이는 그를 잡아끌다시피 해서 병원에 같이 가 드렸다. 다행히 그날 이후로는 상태가 조금씩 나아졌다.

그러나 얼마 후 또 고비가 왔다. 밤 10시쯤 핸드폰이 울렸다.

"소장님 너무 힘듭니다. 저에게 도움을 주세요."

정신적으로 많이 지쳐 있는 듯했다. 만나서 1시간 이상

이야기를 나눴다.

"그동안 열심히 살아 오셨습니다. 사업도 잘 이끌어 오신 겁니다."

이렇게 말씀해 드리면서 안정시켜 드렸다. 이야기를 마칠 때쯤 되자 "덕분에 마음이 편안해졌다."며 고맙다고 하셨다.

그 이후로 병원치료를 꾸준히 받으시더니 거의 회복되셨다. 자신감이 돌아왔고 사업도 고비를 넘겼다고 했다.

하루는 길에서 우연히 마주치자 "상담할 게 있었는데 잘 됐다."면서 인근 상가를 매입하려고 하는데 자금 지원이 가능한지를 문의했다. 은행원으로서 반가운 것보다도 그렇게 다시 활력이 돌아온 모습을 보게 된 것이 몇 배 더 좋았다. 그분은 후로도 활기차게 사업을 하셨다. 우리 지점에서 사업 자금과 건물 구입 자금 지원을 도와드려 장기적인 파트너 관계가 되기도 했다.

물론 모든 일들이 실적으로 연결되는 것은 아니다. 열에 여덟은 돌아오지 않는 메아리가 되곤 한다. 영업하는 사람이라면 '내가 호구인가?'라는 자괴감을 하루에도 몇 번

씩 느낄 수밖에 없다. 그러나 '호구'가 되는 것도 즐길 수
만 있다면, 영업 직원처럼 좋은 직업도 없다. 결과적으로
누군가에게 득이 되는 일, 도움이 되는 일을 하고 다니는
셈이기 때문이다.

모든 실적 목표 초과해
1등급 성과

　이렇게 내가 먼저 나서서 하루에 다섯 군데 이상을 돌아다니자 직원들 사이에서도 점점 활력이 돋는 것이 보였다. 실제로 출장소 실적이 예전과 달리 쑥쑥 올라가는 것이 보였기 때문에 직원들도 신명이 나고 자신감이 커지는 듯했다.

　이때부터 사내외 행사에 연사로 초청되는 일이 많아졌다. 인생 역정과 나만의 영업 전략을 소개하는 강연을 주로 했다. 신입행원들의 멘토 역할을 하게 되는 경우도 있었다.

그렇게 사연이 알려지자 찾아오는 사람들이 생겨났다. 어떤 이들은 아침 7시부터 지점에 와서 기다리기도 했다. 꿈을 위해 노력 중인 젊은이들, 그중에서도 은행권에 꿈을 가진 이들이 대부분이었다.

나는 시간을 할애해서 내 인생 이야기를 들려주곤 했다. 그리고 "자신만의 경쟁력을 키우라!"고 조언했다. 숙제를 부여하기도 했다. "오늘부터 과거에 살지 말고 목표를 설정하고 꾸준히 행동하는 사람이 되자!"는 것이었다. 그리고 꿈을 이룬 뒤에는 다시 그 꿈을 전파하는 전도사가 될 것을 약속하기도 했다.

지치고 간절한 표정으로 찾아왔다가 희망의 끈을 되찾아 씩씩한 발걸음으로 돌아가는 모습들을 보면 나도 기뻤고 자극이 됐다.

신당동출장소에서 있는 동안은 어떤 부담도 없었기 때문인지 새로운 시도도 많이 했고 성취도 따라왔었다.

어느 날 한 통의 전화가 걸려왔다. 육군 모 부대 대대장님이라고 했다. 신문기사와 TV 강연 등을 통해서 내 얘기를 듣고 감동을 받았다면서 "병사들에게 희망을 줄 수 있는 강연을 해달라!"고 요청해왔다.

이것을 계기로 군부대와 인연을 맺게 됐다. 병사들에게 들려줄 강연 준비를 하면서 내가 군 제대를 할 당시를 떠올려봤다. 사회에만 나가면 뭐든지 할 수 있을 것 같았지만 정작 나가보니 입대 전과 달라진 게 없어서 막막했던 경험, 아무 기댈 곳이 없었지만 꿈을 품고 노력해 왔던 지난날들을 정리해서 강연으로 들려줬다.

"앞으로 30년을 어떻게 살아갈 것인지에 대해 물음표를 제시해 봅시다. 그리고 그 답을 찾기 위해 움직이고 노력하는 만큼 30년 후의 미래는 행복해질 수 있습니다."

기대 이상으로 병사들은 내 이야기에 공감해 주었다. 강연만으로 그치지 않고 병사들에게 스스로 실천할 수 있는 목표를 정해보도록 했다. 그리고 군에서 받는 급여 중 일정 금액을 저축해 보자고 권했다. 적은 금액이나마 정기적으로 모으다보면 절약과 계획적인 소비 습관이 생기기 때문이었다. 그렇게 해서 제대 후 다닐 학원비라도 마련해 보자는 제안에 병사들의 호응이 컸다.

그중 원하는 병사들에게 통장과 체크카드 가입을 받았는데, 이는 당장 큰 예금이나 대출을 유치하는 것 만한 실

적은 아니었지만 장기적으로는 은행에 큰 자산이 될 만한
성과였다.

　그렇게 전 직원이 함께한 전방위적인 영업과 눈에 띄는
기업 예금 유치 실적 덕분으로 신당동출장소는 모든 실
적 목표를 초과 달성해서 '1등급' 성적표를 받았다. 그리
고 2012년 7월 지점으로 전격 승격됐다. 내가 출장소장
을 맡은 지 6개월만이었다. 이것도 파격적인 일이었지만
더 엄청난 파격이 있었다. 지점장이 된 것이다.

● ● ●

"오랫동안 꿈을 그려온 사람은 마침내 그 꿈을 닮아간다."
− 앙드레 말로 −

Achieve a dream with passion

Part 9

쉰셋, 그리고
반 년 후—
지점장이 되다

나만의 브랜드가 된
인생역전

2012년 7월 15일, 조준희 행장님의 두 번째 '원샷 인사'
가 났고, 나는 또다시 그 주인공이 됐다.

'운전기사의 인생역전, 이철희 기업은행 신당동지점장',
'운전기사 출신 지점장 기업은행 이철희 씨, 꿈은… 이루
어진다'

6개월 전 부지점장이 됐을 때도 언론에 소개됐었지만
이번에는 더 자세한 인터뷰가 전면으로 실렸다. 공사장
인부, 운전기사, 보일러기사를 하면서 끈질기게 노력한
끝에 '은행원의 꽃'인 지점장이 된 내 인생 스토리를 사람
들이 특별히 반겨준다는 것을 그때 알았다. 온전히 자기

힘으로 바닥에서부터 성공한 사람을 높이 평가하고 인정해주는 것이었다. 마음 저편에 조금이나마 어려서부터 엘리트 코스를 걸어온 사람들, 안정된 삶을 살아온 사람들에 대한 자격지심이 있었던 것이 그날 모두 사라졌다.

내게는 독보적인 경쟁력이 있었다. 그동안 잠 못 자고 지샌 밤들, 고단해도 책을 붙들고 놓지 않았던 날들, 신발이 닳도록 뛰면서 고군분투한 날들이 모두 크나큰 재산이 돼 있었다. '아무리 멀리 돌아가더라도 포기하지 않는 끈질김'은 내 '브랜드'가 되었다. 그 누구도 빼앗아갈 수 없고 함부로 갖다 쓸 수 없는 내 고유의 자산이자 브랜드였다.

'축 지점장 승진'이라고 쓰인 화분들을 바라보면서 나는 한참 동안 감회에 젖었다. 통상 부지점장이 되고 난 후 4년 이상 걸린다는 지점장 승진. 한 번도 기대해 본 적 없는 일이 이뤄졌다. 그도 그럴 것이 부지점장이 됐을 때 이미 내 정년은 2년밖에 남지 않았기 때문이었다. 6개월 만에 또다시 특별승진을 하리라고는 아무도 생각할 수 없었다.

언론에서 표현한대로 지점장은 '은행원의 꽃'이었다. 모든 은행원의 목표였다. 내가 20대 중반부터 '은행원이 되겠다.'는 꿈을 품고 19년을 지난하게 노력하는 동안, 대학 졸업하고 바로 입행한 은행원들은 '은행원의 꽃'이 되기 위해 노력한 것이다. 그럼에도 지점장이 될 수 있는 사람은 전체 은행원의 30% 정도밖에 안 된다. 19년이나 늦게 시작한 내가 이 자리에 오르다니 믿을 수가 없었다.

그런 '파격'의 주인공이었기 때문에 한동안 나는 화제의 인물이었다. 언론 인터뷰 요청이 계속 들어왔고, 지난번 미처 소식을 못 들었던 다른 친구와 지인들의 연락이 이번에는 더 많이 이어졌다.

이번에도 역시 오랜 고객님들의 축하가 가장 감동적이었다. 한 나이 지긋한 고객님은 일부러 지점을 찾아와서 내 손을 잡고 한동안 말을 잇지 못하셨다. 그 모습에서 돌아가신 아버지가 떠올라 울컥 목이 메었다. 살아계셔서 내가 지점장이 된 것을 보셨다면 얼마나 대견해 하셨을까. "모두가 평생 부지런하고 성실하게 사는 본을 보이신 아버지 덕분입니다."라고 말해드릴 수 있다면 얼마나 좋을까. 하루 종일 여러 가지 소회와 감정들로 기쁘기도 하고 아련해지기도 한 날이었다.

지점장이
저런 일도 한다고?

부지점장 때에도 신당출장소의 책임자였기 때문에 출장소의 지점 승격과 함께 지점장이 된 이후로 하는 일이 크게 달라지지는 않았다. 다만 나는 '지점장'이라는 직함에서 이전과는 다른 무게를 느꼈고, 그 무게를 잘 활용하기로 했다. 다시 말해, '지점장이 저런 일도?' 하며 고개를 갸웃할 때의 신선함을 활용하기로 한 것이다.

지점장이 되고나서 가장 먼저 한 일은 부지점장, 신당동 출장소장이 됐을 때와 마찬가지로 떡을 돌리면서 인사를 다닌 것이다. 이번에는 새로 발령 받은 부지점장과 함께였다.

"아이고, 이제 지점장님이 되셨는데 그만 돌아다니셔!"

이렇게 말씀해주실 때마다 "아닙니다. 계속 찾아오겠습니다."라고 했다. 언론에 인터뷰 기사가 나왔고, 이때쯤 KBS 1TV '강연 100℃'에도 출연했던 터라 우리 고객이 아닌 분들도 나를 알아보곤 했다. 그렇게 신당동지점의 광고 모델이나 다름없게 된 이상 더 많은 사람들에게 얼굴을 보이는 것이 당연한 이치라고 생각했다.

보일러기사로 일하던 시절부터 습관이 된 이른 아침 출근은 계속됐다. 다만 직원들에게 부담을 주기 싫어서 바로 지점으로 가지 않고 동네를 둘러보곤 했다. 우리 지점의 영업 범위라 할 만한 옥수동, 금호동, 신당동까지 쭉 둘러보면서 일찍부터 일하시는 분들과 인사를 나누고 동네 분위기도 들어보곤 했다. 그리고 출근해서 지점 건물을 한 바퀴 둘러보고 난 뒤, 비로소 자리에 앉아 업무를 준비했다.

은행 지점은 일단 업무가 시작되면 하루가 어떻게 가는

지 모를 정도로 바쁘게 돌아간다. 직원들은 출근해서 한 시간은 꼬박 업무 준비에 매달려야 한다. 영업에 앞서 지점 실적도 챙기고 예·적금 만기 고객 정보도 확인해야 하고, 세금과 신상품, 주식시장 전망 등 각종 정보도 챙겨놔야 한다.

본격적인 업무가 시작되면 고객들이 정신없이 밀려든다. 각종 상담과 민원 처리 등을 하다 보면 점심시간이 되지만 일반 직장인들과 달리 점심도 편하게 먹기 어렵다. 점심시간이 하루 중 가장 바쁜 시간이기 때문이다. 지점의 모든 직원이 낮 12시부터 오후 1시 사이에 창구 업무에 집중해야 한다. 3교대로 식사를 하러 나가서 짧게는 30~40여 분 만에 돌아와 자리에 앉아야 하고 그나마 바쁜 날은 식사를 거르게 되는 일도 흔하다. 그런 날도 항상 밝은 모습으로 고객을 맞이하고 신속하고 정확하게 일처리를 해야 한다. 간혹 '옆 창구를 이용해주세요!'라는 팻말을 내걸고 볼일이라도 볼라치면 여기저기서 거센 항의가 나오곤 한다.

오후 4시가 되면 셔터가 내려오고 대면 영업이 끝난다. 그렇다고 일과가 끝나는 것이 아니다. 현금 입출 거래를 누락 없이 딱 맞춰 마감하는 것은 은행원의 기본이다. 가끔 신입들이 실수를 하면 이를 맞추기 위해 전 직원이 CCTV와 전표를 확인하며 밤 늦게까지 남아 고생하기도 한다.

오후 4시 이후는 업무집중시간이다. 각 담당자들은 업무에 맞게 각종 서류를 챙기고 전산 등록을 하며 고객들에게 요청 받아 놓은 대출 외환 업무 등을 처리한다. 그날 거래한 고객님들에게 감사 전화도 드리고 필요하면 고객을 직접 찾아가거나 만나서 상담하기도 한다. 계속 출시되는 각종 상품들을 익히고, 시시때때로 고객에게 도움이 되는 상품을 권유해 실적을 올려야 하는 부담감도 만만치 않다.

"봉급도 많이 받으면서 배부른 소리."라고 할지 모르지만 세상에 공짜는 없다. 받는 만큼, 보장되는 만큼의 대가를 해야 하는 것이다.

이런 지점 상황을 누구보다 잘 아는 내가 지점장으로서 해야 할 일은 뭘까? 나는 '지점장은 이래야 한다.'는 생각들에 얽매이지 않고 도움이 될 수 있는 일을 찾아 하기로 마음먹었다.

지점장실에 고객이 찾아오면 내가 직접 커피를 탔다. 비록 봉지에 든 믹스 커피라도 정성들여 탔고, 드리면서 꼭 이렇게 말했다.

"제 마음을 담았습니다. 맛있게 드십시오."

싱거운 소리라고 할 수도 있겠지만, 그냥 드릴 때보다 이렇게 드리면 십중팔구는 상대의 기분이 좋아졌다. 무슨 얘기를 하건 부드럽게 시작할 수 있었다.

매달 특별히 창구가 바쁜 날, 특히 점심시간에는 직원들 수고도 덜고 고객 대기 시간도 줄이기 위해 가끔은 객장에 나가서 일을 거들었다. 고객 안내와 상담도 해드리고 불편사항에 대한 애기도 듣고 개선책을 찾아 처리해드렸다. 지점장이기 이전에 직원으로서 일손이 바쁠 때는 서로 역할 분담을 할 필요가 있다는 것을 직접 보여주고 싶었다.

지점장실도 고객들에게 활짝 문을 열어 뒀다. 지점장실에 다양한 종류의 차를 늘 구비하여 오시는 분이 원하는 종류로 골라 드실 수 있도록 했다. 우산이나 메모지 등 사은품을 챙겨놨다가 고객에게 직접 챙겨드렸다.

　그래도 지점장실에 선뜻 들어올 용기를 못 내는 분들이 많아서 먼저 인근 부녀회원님들을 지점장실로 초대하기도 했다. 부녀회원님들은 "지점장실은 거액 자산가들이나 들어오는 곳인 줄 알았어요."라면서 즐거워하셨다.

　그러다 보니 한 고객님은 내가 사업장으로 찾아가 지점장이라고 인사하자 "아니, 지점에서 뵈었을 때는 지점장이신 줄 전혀 몰랐다."면서 깜짝 놀랐다. 그 뒤로 우리 지점의 주요 고객이 되셨고, 기회가 될 때마다 나를 주위 사람들에게 "지점장이면서 손님을 일일이 따뜻하게 맞아주고 바쁜 날은 창구에 나와 직접 상담도 해 주는 아주 소탈한 분."이라고 자랑하듯 소개해 주셨다. 아무리 큰돈을 들여도 거두기 어려울 홍보 효과가 이렇게 저절로 나오곤 했다.

요구르트 한 병의
매력적인 효과

특히 어르신 고객님들께는 친근하게 대해 드리는 게 중요하다. 어르신이 객장으로 들어오시면 먼저 다가가서 살갑게 대화를 나눴다. 팔이라도 한 번 쓰다듬으며 의자에 앉으시라, 차를 드시라, 지점장실에서 좀 쉬시고 가시라고 권하면 어르신들께서 그렇게 좋아하실 수가 없었다. 그분들 사이에서 나는 '스킨십 하는 따뜻한 지점장'으로 통했다. 물론, 오랜 시간 자주 뵈어서 스스럼없는 분들에게만 그렇게 한 것이었고 연령대가 높지 않은 분들에게는 늘 조심했다.

가끔이긴 해도 나를 찾아오시는 고객은 직접 상담을 하기도 했다. "지점장님이 직접 해주니 든든하다."면서 고객님들은 좋아하셨다. 때로는 젊은 직원에게는 말 못하던 사정을 털어놓기도 했다. 보통 대출을 받는 사람은 알게 모르게 상처와 불안, 절망을 알고 있기 때문에 그 점을 알아봐주고 경청하면 금방 공감대가 형성됐다. 아무에게나 말 못할 가정사 애기를 하시면서 "창피하다!"면서 울음을 터트리는 분도 있고 "고맙다!"면서 손을 잡아주시는 분들도 있었다. 이렇게 상담하는 것은 직원들에게 "고객을 이러이러하게 대하라!"고 백 번 말하는 것보다도 좋은 교육이 되기도 했다.

한 번 '내 고객'이 되면 지속적으로 챙겨드렸다. 지속적으로 우리 지점과 거래할 수 있도록 사소한 것부터 확인하고 챙겨드리는 게 지점장으로서 내가 할 일이라고 생각했다. 그러다 보면 어쩔 수 없이 자금 상황이 안 좋아져 연체하게 되더라도 그동안에 쌓인 정을 생각해서 돈이 생겼을 때 우리 은행 돈부터 먼저 갚아 주셨다.

"우리 지점의 이미지를 좋게 하는 남다른 영업 방법은 없을까?" 하는 고민도 계속했다. 지점장이라고 해서 해오던 일, 잘하는 일을 그만할 수는 없었다. 오히려 지점장의 장점을 활용해서 더 열심히 했다.

나의 노하우 중 하나는 '요구르트'를 활용하는 것이었다. 평소에 동네 골목에서 요구르트 아줌마들이 동네 분들을 대하는 것을 보면서 감탄한 적이 많았다. 자연스럽게 스며들 듯 대화를 나누다가 "한 번 드셔 봐!"라면서 요구르트 한 병에 빨대를 꽂아서 내밀면 거절하는 사람이 없었다.

나는 거기에서 착안해서 외부 고객을 만나러 갈 때 요구르트를 사들고 간 적이 많았다. 비싼 선물이면 오히려 손사래를 칠 만하고, 불필요한 선물이면 부담스럽기만 할테지만 요구르트를 마다하는 사람은 별로 없었다. 특히 나처럼 키가 멀대같이 큰 지점장이 내미는 작은 요구르트에는 역설적인 묘미가 있어서 효과만점이었다.

한 번은 우리 기업은행의 고객이었지만 2년 정도 거래가 끊어졌던 사장님을 우리 지점 고객으로 모셔오기 위해 많은 공을 들인 적이 있었다. 수시로 전화를 드리고 "뵙고 싶다!"고 부탁해도 "지금 멀리 와 있다."면서 거절하는 경우가 많은 분이었다. 나는 그런 말을 들어도 "제가 그리로 가겠습니다."라면서 집요하게 매달렸다.

그렇게 해서 뵐 때마다 요구르트 한 병을 내밀었다. "지점장 체면이 있지, 겨우 이런 걸 사오냐?"고 타박하긴 했지만 거절하는 법은 없었다. 그게 바로 '요구르트 한 병'의 위력이었다.

그렇게 계속 만남이 이어지다 보니 신뢰가 쌓였다. 주위 사람들에게 내 칭찬도 해 주시고, 동네 모임이 있으면 나를 초대해서 여러 분들과 안면을 트도록 해 주셨다. 지인이 은행 대출이나 거래에 대해 물어보면 늘 나를 추천해 주었다. 그렇게 소개받은 고객이 적지 않았다.

그러던 어느 날, 사장님은 드디어 이렇게 말씀하셨다.

"내가 이철희 지점장님한테 졌소."

그날로 우리 지점 주요 고객이 되셨다.

늘 요구르트만 들고 다닌 것은 아니었고 박카스, 빵, 바나나 등 상황에 맞는 작은 선물들을 고심했다. 정월 대보

름, 밸런타인데이, 화이트데이 등 그날에 맞는 상징적인 선물이 있는 경우에도 빼놓지 않고 챙겼다. 날씨가 아주 추운 날이면 뜨거운 커피, 아주 더운 날이면 아이스크림의 효과가 컸다.

느슨해진 줄을
팽팽하게 당길 때

지점장실을 개방한 이유는 직원들과 나 사이의 보이지 않는 장벽을 없애려는 데도 있었다. 객장에 나오기만 하면 직원들이 불편해 하는 지점장이 되고 싶지는 않았다. 필요한 일이 있으면 적극적으로 객장으로 나가 일을 돕고, 직원들도 상담할 일이 있으면 언제라도 지점장실에 들어올 수 있는, 그런 관계가 되고 싶었다. 그래야 좋은 직장이 되고, 좋은 실적을 낼 수 있다고 믿었다.

직원들이 상담을 청해 올 때는 고객과 이야기할 때 못지 않게 경청했다. 그리고 내가 할 수 있는 최선의 범위에서 도움을 주려고 했다. 예를 들어 디스크 수술을 받아야 할 만큼 허리가 안 좋은 직원에게는 원하는 휴직 시기와 복귀 시점, 그렇게 해야 하는 이유를 충분히 설명하도록 하고, 원하는 대로 할 수 있도록 했다. 그리고 다른 사람들이 업무를 더 나눠지게 되더라도 불만이 없도록 내부 조율을 하는 데 신경 썼다.

일반적으로 직장에서 직원들이 의견을 내면 실행될 때까지 걸리는 단계와 시간이 많아 효율적으로 시행되지 못하는 경우가 많다. 나는 되도록이면 의견이 바로 개진할 수 있도록 했고, 좋은 의견이면 바로 피드백을 주고 실제로 적용되도록 했다. 그렇게 해서 사소한 것이라도 자기 의견이 구현되는 것을 본 직원들은 '더 개선할 것이 없나?' 하고 주위를 세심하게 둘러보게 되고 더 효율적이고 창의적인 방법을 찾아내게 된다.

그런 소통이 늘 원활하게 이뤄지도록 하기 위해서는 내 쪽에서 먼저 노력할 필요가 있었다. 늘 지점에 웃음과 유머가 넘칠 수 있도록 노력했다. 활기찬 하루를 열자는 취지로 아침에 구호를 외친 뒤 8시 45분이면 모든 직원들과 하이파이브를 하며 돌아다녔다. 바쁜 가운데서도 다 같이 한바탕 웃고 여유를 가질 수 있도록 분위기메이커가 되려고 했다.

하지만 업무와 실적에 있어서는 각자 직원들이 최고의 능력을 발휘하기를 원하는 욕심 많은 지점장이기도 했다. "적어도 조직에 머무를 때는 누리는 만큼의 의무를 다 해야 합니다. 언제까지 '주니어'에 머물러서는 안 됩니다." '칭찬은 고래도 춤추게 한다'고 하지만, 무작정 베푸는 식의 칭찬은 하지 않았다. 상황에 걸맞은, 그러면서도 그 가운데서도 하나쯤은 배울 수 있는 칭찬을 해주려고 했다. 내 나름대로 '5대 1 법칙'이라고 명명했는데, 다섯 마디의 칭찬 속에 한마디의 채찍질을 심어놓는 것이다.

하지만 분위기가 늘 좋을 수만은 없었다. 업무적으로 사소하게 부딪칠 때 간혹 내 과거를 은연중에 무시하는 투로 살짝 건드리는 직원들도 있었다. 아무래도 감정이 상할 수밖에 없었다.

그럴 때면 속으로 이렇게 말해보곤 했다.

'그래, 나는 상놈 출신이다.'

자기 비하의 마음이 아니었다. 그렇게 되뇌면서 마음의 여유를 찾으려고 한 것이다. 부끄러운 과거가 아니다. 외면할 필요도 덮어놓을 필요도 없는 자랑스러운 과거다. 그런데도 누군가 무시한다면 그건 내 잘못이 아니다. 다만 그 직원이 그런 마음을 가졌다면 다른 문제가 있을 수는 있다. 더 진솔하게 소통하지 못한 문제, 먼저 다가가서 마음을 알아주지 못한 문제가 있을 것이다.

그렇게 생각하고 마음의 여유를 가졌다. "느슨해진 거문고 줄을 다시 팽팽하게 바꾸어 맨다."는 뜻의 '해현경장 解弦更張'이라는 말을 곱씹어 보기도 했다. 그리고 그런 동기를 가지게 해 준 직원에게 고마워하려고 했다.

그렇게 할 수 있는 이유는 내가 '상놈'이라는 자괴감에 괴로워하던 그 시절에 머물러 있지 않기 때문이다. 또한 그 시절 최선의 노력을 했던 내 자신을 인정하기 때문이다.

지점장이 됐어도 예전의 마음과 자세에서 배워야 할 것들이 있었다. 가만히 생각해 보면 내가 지점장으로서 하는 일들은 별정직 보일러기사로 성동 지점 객장을 누비면서 고객의 불편함을 살피고 개선하려 했던 일들과 크게 다르지 않았다. 그러고 보니 그때는 보일러기사였지만 마치 '지점장인 것처럼' 객장을 살펴보고 일하려고 했었다. 그렇게 처음과 끝은 통하는 모양인가 보다.

• • •

"위로 올라갈 때 언제나 사람들에게 인사해라.
네가 내려갈 때 그 사람들과 마주치게 될 테니.
네 자신을 너무 높게 생각하지 마라."
- 프란체스코 교황 -

Part 10

쉰다섯–
새로운
꿈을 찾다

아직 젊은데,
더 뛸 수 있는데

기대하지 않았기에 더 보람되었던 지점장 재임 기간은 그리 길지 않았다. 퇴직 시기가 다가온 것이다.

정년은 58세지만 대부분 55세가 되면 명예퇴직을 했다. 아니면 임금피크제를 받아들이고 보직 없이 남아 있어야 했다. 나는 은행의 배려로 6개월 보직 연장을 받았다. 그 덕분에 지점장 생활 만 2년을 채우고, 30년 10개월의 은행 생활을 말 그대로 명예롭게 마무리할 수 있었다.

선택지는 꽤 있었다. 퇴직을 앞두고 이런저런 제안을 받기도 했다. 고객 중에서 본인 회사에서 재무를 담당해 달라고 요청한 분도 있었다. 기술계 행원이 되려고 취득한 자격증들이 있어서 기술직으로 재취업을 할 수도 있었다.

그렇지만 마음이 정해지지 않았다. 젊은 시절 여러 직장을 전전해 봐도 '내 일'을 찾을 수 없었던 때처럼 무엇을 생각해도 어딘가 만족스럽지 않았다.

누군가 "이제부터는 빨리 모든 것을 내려놓은 사람이 사회에 제일 잘 적응하는 사람."이라고 했다.

다른 지점장들 얘기를 들어보면 은퇴 후 아예 다른 삶을 계획하는 경우가 많았다. "평생 은행에만 매여 살아왔으니 이젠 다른 일, 그동안 꼭 해보고 싶던 일을 하겠다."고 했다. '향기 치료사', '숲 해설사' 등 독특한 직업을 준비하는 사람들도 있고 운동이나 예능 등 취미생활을 본격적으로 시작하려는 꿈에 부푼 이도 있었다. 실적에 얽매이지 않는 일, 그동안 하던 일과 다른 능력이 요구되는 일에 주로 매력을 느끼는 것 같았다.

한편, 퇴직 후 뭘 할지 모르는 사람들도 많았다. 소처럼 일만 하며 달려온 '놀 줄 모르는' 세대라서 직장의 굴레를 벗고 나면 오히려 불안해했다. 여행도 취미생활도 며칠

하고 나면 직장에 나가야 맘이 편한 게 우리 세대 직장인들이다.

어떤 경우건 공통점은 '퇴직 전처럼 활동적으로 지내고 싶다'는 바람이다. 뒷전에 물러앉아 소심해진 모습으로 살아가고 싶지는 않은, 것이다. 보람 있고 의미 있는 일들을 하면서 눈치 안 보고 활기차게 살고 싶은 것이 '100세 시대'의 남은 절반을 살아가야 하는 퇴직자들의 소망이다.

특히 나는 '은행에 매인' 세월이 짧아서인지, 워낙 즐겁게 일해서인지 퇴직한다는 게 실감이 나지 않았다. 내일이 오늘과 다르지 않은 것 같고, 아직은 더 일할 수 있을 것 같았다. 그러나 시간은 어김없이 똑같은 속도로 흘러갔다.

2014년 7월 15일, 명예퇴직자 명단에 내 이름이 떠 있었다.

퇴직 명단에서 내 이름을 확인하자마자 오래 관리해 온 고객들 전화번호로 문자 메시지를 보냈다.

"안녕하십니까! IBK기업은행 신당동지점장 이철희입니

다. 그동안 너무 감사하고 고마웠습니다. 저는 30년 10개월이라는 은행생활을 행복하게 마감하고 명예롭게 퇴직하게 되었습니다. 계속해서 저희 기업은행 신당동지점을 사랑해 주시면 감사하겠습니다. 고객님께서 항상 건강하시고 신의 은총이 늘 함께하시길 진심으로 기원드립니다. 이철희 지점장 올림."

곧바로 연락들이 왔다.

"어제까지도 같이 밥 먹고 자금 운용 얘기했는데 무슨 퇴직이십니까?"

"늦게 지점장이 되셔서 좀 더 하시려니 생각했는데 갑작스럽네요."

"수고하셨습니다. 멋진 제2막 기대하겠습니다. 멋지게 잘하실 겁니다."

놀랐고 아쉽다는 반응들이 대부분이었다. 그런 전화와 문자를 받으면서도 내가 정말 은행을 그만두는 것인지 실감이 나지 않았다.

은행 사내 게시판에도 글을 올렸다.

"안녕하십니까? 저는 이번에 퇴직하는 신당동지점 이철희 지점장입니다.

1983년 9월 30일 운전기사로 입사하여 행원이 되어 보겠다고 다짐했던 게 엊그제 같은데 어느덧 31년의 세월을 뒤로한 채 영광스럽고 명예스럽게 퇴직하게 되어 너무나 감사하고 너무나 고맙습니다.

한편으론 과분한 혜택을 받고 미안한 마음도 가지고 있습니다. 저에게 이런 꿈과 희망을 갖게 해주고 실현시켜준 IBK 잊지 않겠습니다.

여러 가지로 녹록지 않은 현실이지만 자신의 역량을 마음껏 발휘하셔서 세계를 향해 힘차게 비상하는 IBK가 되시기를 기원하겠습니다.

아울러 앞날에 행복하고 멋진 일들만 가득하시고 가정에 신의 은총이 늘 함께하시길 진심으로 기원드립니다. 이철희 올림."

퇴직하는 날, 지역 본부에서 지점장들과 송별식을 하면서 '행운의 열쇠' 선물도 받았다. 자리를 다 마치고 집으로 돌아와 자리에 누웠다.

갑자기 사방에 벽이 확 쳐지는 느낌이 들었다. 옷걸이에 걸린 양복을 바라봤다.

아, 내일부터는 저 양복에 은행 배지를 달고 출근하지 못하는구나.'

그제야 제대로 실감이 나면서 마음 한구석이 아려왔다.

다음날 아침 5시 50분에 눈이 뜨였다. 평소와 다름없는 시간이었다. 전날 아무리 피곤해도 이 시간이면 몸이 새롭게 정비된 것처럼 가뿐하고 의욕이 솟아나곤 했다. 이 날은 눈을 뜨니 다시금 벽이 사방을 둘러치는 듯했고 몸이 무거웠다.

억지로 몸을 일으켜서 주섬주섬 옷을 입고 수락산에 올라갔다. 산길을 걸으며 무엇이 그렇게 갑갑한지를 생각해 봤다.

'나는 아직 젊은데, 열심히 뛸 수 있는데, 좁은 곳에 가둬놓고 그 안에만 있으라고 하는 것 같구나.'

수락산 매월정까지 올라가, 그날따라 안개가 껴서 뿌연 산 아래를 바라보면서 노래를 했다.

"사랑도 부질없어 미움도 부질없어 청산은 나를 보고 말

없이 살라 하네 탐욕도 벗어버려 성냄도 벗어버려 하늘은
나를 보고 티 없이 살라 하네 버려라 훨훨 벗어라 훨훨~
사랑도 훨훨 미움도 훨훨 버려라 훨훨 벗어라 훨훨~"

은퇴란 직장생활을 한 사람이라면 누구나 맞이해야 할
순간이다. 30년이라는 세월을 한결같은 자세로 앞만 보
고 달려온 덕분에 그 사실을 절감하지 못하고 있었다. 돌
아보면 기업은행에서 가장 혜택도 많이 보고 인정도 많이
받은 나였다. 아무리 성실한 사람도 한순간의 불운으로
불명예 퇴직을 할 수 있는 게 금융계인데, 이렇게 명예롭
게 퇴직할 수 있었던 자체가 축복이었다.

마음은 아직도 청춘이어서 평일 낮에 길거리를 다니면
"저 사람은 백수인가 봐!"라고 손가락질하고 수근거릴까
두려웠는데 생각해 보면 지레 걱정한 것일 뿐이었다. 은
퇴할 나이에 이르렀다는 것을 인정해야 할 때였다.

그날 이후로도 한동안 매일같이 매월정에 가서 이 노래
를 불렀다. 그러면 들쑤셔진 마음이 좀 다독여졌고 막연
하던 생각도 정리되는 것 같았다. 가족들하고 여행도 다

녀왔다. 어느덧 새롭게 시간을 쓰는 방법에 익숙해지려
하고 있었다.

이철희라서
할 수 있는 일

퇴직한 지 3일째 되던 날, 문득 퇴직하기 얼마 전에 했던 강연 자리에서 만난 사람이 떠올랐다. 전국지점장회의에서 처음 했던 '도전과 열정'이라는 제목의 우수사례 발표 후 비슷한 주제의 강의를 종종 해 왔었는데, IBK 투자증권의 금연회(금융상품연구모임회) 모임에서도 강의를 한 적이 있었다. 내게 의뢰한 이유는 "은행에서 영업 잘하는 분을 초청해서 강의 듣자!"는 의견이 나왔는데 내 강연을 들어 본 적이 있었던 과장님이 나를 추천했기 때문이었다.

이때 만난 사람들과 2차로 막걸리를 먹으러 가서 이런

저런 얘기를 했는데, IBK 투자증권의 손석원 차장이 "퇴직하시면 저하고 일하시죠!"라고 했다. "퇴직하시면 꼭 연락을 달라."고 당부하기도 했다. 그때는 내 얘기를 잘 들었다는 뜻의 겉치레 인사로만 이해했다. 그런데 그 뒤로 손 차장은 이메일로 좋은 글과 세계 시장 및 국내 시장의 시황 분석을 하루도 빠짐없이 보내주었다.

손 차장이 그때 했던 제안이 생각나 전화를 하자 삼성동의 IBK 투자증권 WM 강남지점에 있다면서 "한번 찾아오십시오."라고 했다.

그 뒤로 한동안은 퇴직한 기업은행 신당동지점에 나갔다. 퇴직 전과 똑같은 시간에 일어나서 매월정에 올라 마음정리를 한 뒤 오전 중에 은행으로 갔다. 새로 부임한 후임 지점장에게 주요 거래 업체 담당자와 고객들을 소개해 주기 위해서였다. 명단을 정리해서 전하기만 한 게 아니라 일일이 함께 찾아다니면서 인사를 시켜 주었다. 유종의 미를 거두고 싶기도 했고, 앞으로도 지점이 계속 발전하기를 진심으로 바라기 때문에 한 일이었다. 고객들이 좋아하시는 것을 보니 내 마음도 더 편해졌다.

그렇게 정리하는 시간도 갖고, 가족과 여행도 다녀오는 등 시간을 좀 보낸 후에 강남으로 손 차장을 찾아갔다. 그의 제안은 '투자권유대행인'으로 일해보지 않겠냐는 것이었다. 그런 일이 있다는 것을 알고는 있었지만 자세히 들어보니 나름대로 설득력이 있고 솔깃했다.

말하자면 은행의 VIP 고객을 상대하는 PB들을 상대로 영업을 하는 일이었다. 은행 PB는 담당 고객에게 IBK투자증권의 증권 투자 상품을 가입하도록 하면 경영평가 점수도 받을 수 있었다. 증권사에서도 고객을 유치하는 것이니 양쪽에 '윈-윈'이 되는 시너지 영업이었다. 고객들 입장에서는 저금리 시대에 투자를 다변화할 수 있는 기회를 얻는 셈이다. 물론 위험한 투자를 무리하게 권해서는 안 되겠지만 손 차장이 주로 다루는 상품은 위험도가 높지 않았다. 은행 지점 고객이 1,000명이라면 그중 최소 한두 명은 이와 같은 투자의 필요를 가지고 있겠다는 판단이 들었다.

손 차장은 "지점장님은 은행을 잘 아시고 저는 증권을 잘 아니까 함께 영업을 하면 시너지가 날 수 있다."라고 했다.

이 일은 그야말로 '영업'이었다. 은행에서도 늘 '나는 세일즈맨'이라는 생각을 가지고 일했지만, 은행원으로 지점에 적을 두고 하는 것과는 차원이 달랐다. 새로운 각오가 필요한 일이었다.

그럼에도 매력적으로 느껴졌다. 인생 2막을 맞아서 해볼 만한 도전이라는 생각이 들었다. 내가 그동안 쌓은 경험과 노하우를 쓸 수 있는 일, 고객들에게 도움이 됐을 때의 즐거움을 다시 느낄 수 있는 일이라는 점도 마음에 들었다.

무엇보다 좋은 것은, '이철희'이기 때문에 할 수 있는 일이라는 것이었다. 은행에서 남보다 늦게 시작한 금융 업무를 따라잡으려고 노력하면서 따 놓은 각종 금융 자격증들이 이 일을 할 수 있는 기본 자격 조건을 충족시켰다. 그리고 남들보다 어렵게 은행원이 된 사연과 그 이후의 노력이 인정을 받았었기에 은행 전체에 나름대로 얼굴과 이름을 알릴 수 있었는데 그 점이 은행원 대상의 영업에 있어서는 큰 강점이었다.

한 직장에 얽매이지 않는 일이라는 점도 마음에 들었다.

이제는 나만의 전문성을 쌓아서 내가 필요한 곳이면 찾아가서 강의도 하고 멘토링도 할 수 있는 프리랜서가 되고 싶었다. 다시 공부하고 도전하고 노력해야 할 일이라는 것도 내게는 장점이었다.

마음을 정한 뒤로 가장 먼저 할 일도 새로 배울 거리를 찾은 것이었다. 우선 압구정동 근처의 스피치 학원에 등록했다. "지금까지 말로 다 은행 영업 해왔으면서 무슨 스피치를 또 배우느냐?"고 묻는 사람도 있었지만, 복식호흡과 톤 조절, 공감하는 표현 등을 제대로 배우니 확실히 도움이 됐다.

또 세종대학교의 '힐링 CEO' 과정에 들어갔다. 새로운 문화와 여행 등 트렌드를 익히고 '바이럴 마케팅'에 대해서도 배웠다. 토요일마다 열리는 '소셜 모임'에도 나갔다. 스마트폰도 적극적으로 활용했다. 이번에도 학교에는 나보다 젊은 사람들이 많았는데 그들과 교류하며 배우니 재미가 새록새록 생겼다.

2014년 8월 27일. 다시 일을 시작했다. 7월 15일 퇴직한 지 겨우 한 달여 지난 시점이었다. 주위에서는 "이제 좀 쉬지 그러냐."고 걱정해 주기도 했다. 퇴직자를 위한 은행의 시니어 프로그램에도 참여하고, 고용보험급도 타면서 에너지를 충전한 뒤에 일하는 게 좋지 않으냐고들 한다. 나는 고개를 흔들곤 했다. 아무래도 나는 일을 해야 에너지가 더 나오는 모양이다.

얼마 후, 손 차장과 둘이 한 팀이 돼서 은행 지점으로 첫 '시너지 영업'을 하러 갔다. 지점장, PB팀장들에게 인사를 하자 "아니, 그새 퇴직을 하셨다고요?" 하면서 따뜻하게 반겨줬다.

영업이 다 그렇듯이 두 번째 방문부터는 상대방에게 부담을 줄 수 있었다. '왜 또 왔을까?' 하는 생각이 들지 않도록 해야 했다. 우리가 만나는 직원이 시너지 영업의 포인트를 바로 알 수 있도록 전달 방법에 더 신경을 썼다.

개중에는 "다니던 직장에 영업하러 가기가 더 어렵지 않으냐?"고 묻는 사람도 있다. 그러나 퇴직 전이나 지금이나 '신뢰'를 판다는 생각에 변함이 없기 때문에 거리낄 게 없다. 게다가 나보다 한참 젊은 40대 파트너, 손 차장과 함께 다니니 든든할 뿐이다.

처음에는 생소해 하던 PB팀장들도 고객의 니즈에 맞는 투자성향에 따른 맞춤서비스를 통해 상호 보완하고 '윈-윈'하자는 시너지 영업에 대해 설명해 주자 하나둘 반응이 오기 시작했다. 도움이 되는 측면을 이해한 고객은 적극적으로 응해 오기도 했다.

꿈을 향해 가는 데
나이는 상관없다

2014년 10월. 첫 월급을 받았다. 4,530원. 기본급 없이 영업성과에 따른 보수만 받는 구조인 데다 첫 달인 9월 일한 결과가 나온 것이니 그럴 수밖에 없었다. 450만 원도, 45만 원도 아닌 4,530원에 불과했지만 통장에 찍힌 그 숫자를 보고 또 봤다. 그렇게 새로운 희망이 싹트고 있었다.

차츰 우리를, 나를 찾는 전화가 늘어났다. 얼마 전에는 강남의 한 지인이 "아는 분이 금융 자산을 잘 투자하고 있는지 확인할 겸 자문을 받고 싶다는데 시간을 좀 내 달라!"고 요청해 왔다. 다른 투자회사, 보험회사들에서도 협력 의뢰가 왔다. 은행과 증권의 협업 사례가 성공적으로 평가받고 있는 것이다. 이렇게 새로운 업체와 연결된다는 것은 은행에도 도움이 되는 것이어서 뿌듯했다. 뭐니 뭐니 해도 가장 좋은 것은 정글 속의 타잔처럼 활기차게 돌아다닐 수 있다는 것이다.

시작하고 보니 이 일은 아주 큰 장점이 있다. 바로 정년이 없다는 것이다. 오늘 낸 성과가 내일의 자산이 되고, 경험이 쌓이고 인맥이 넓어질수록 가치가 오르는 분야기 때문이다. 은행 금융 업무를 누구보다 좋아했지만 19년 늦게 시작한 탓에 늘 시간의 제약을 느꼈는데, 그 한계가 확 열린 느낌이다. 건강만 허락한다면 오래도록 고객들과 좋은 관계를 맺고, 최대한 도움을 주며 이 일을 계속하고 싶다.

더 바람이 있다면 이 책을 통해, 기회가 될 때마다 강연이나 멘토링 등을 통해서 젊은 사람들에게 힘을 불어넣어 주고 싶다. 내가 해줄 수 있는 것은 별다른 건 아니다. "꿈을 향해 가는 데 나이는 상관없다."는 메시지를 주는 것 정도다. "진짜 하고 싶은 일을 못 찾아서 헤매고 있다."는 사람에게도, "남들보다 늦게 시작해서 정신없이 가기만 해도 부족할 텐데 자꾸 멈추게 되고, 옆길로 돌아가고, 간 길을 다시 가게 된다."고 하소연하는 사람에게도 "괜찮다!"고 말해주고 싶다.

내가 해봤으니까 안다. 좀 늦게 시작해도 된다. 멀리 돌아가도 된다. 가려고 하는 방향을 찾는 자체가 행복이고, 그리로 걸어가는 시간이 축복이다. 늦게 얻은 성취가 더 값지다. 어렵게 얻은 자리일수록 어지간한 고난에도 포기하지 않게 된다. 시험에 많이 떨어져 볼수록 공부한 게 진짜 자기 실력이 된다. 그런 진짜 실력들이 쌓이면 자기 브랜드가 만들어지고, 어느새 누구와도 견줄 필요 없는 자기만의 길 위에 서 있게 된다.

●●●

"세상은 어려운 것이다.
선택을 잘하라.
항상 새로운 것을 배우라."
— 브라이언 트래쉬 —

Achieve a dream with passion

Part 11

포기하지
않은
진짜 비결

나를 은행원,
지점장 시켜 준 사람

강연 등을 통해서 지금까지 살아온 과정을 이야기할 때가 있다. 많은 사람들이 꿈을 위해 포기하지 않은 나의 노력에 대해 말하지만 간혹 "아내분께서 대단하시다!"고 하는 경우가 있다. 가장이 끊임없이 공부했다는 것은 곧 아내 혼자서 가정 살림을 건사했다는 뜻이기 때문이다.

내가 아침 일찍 출근해서 밤늦도록, 주말도 없이 일했다는 것은 곧 집에서 남편, 아버지의 역할은 별로 못 했다는 뜻이 된다.

새로 배울 것이 생기면 주저하지 않고 학원에 다니고 야간대학을 다니며 공부했다는 것은 곧 수입의 상당 부분을 교육비에 썼다는 뜻이다. 다시 말하면 생활비는 늘 빠듯했다. 아내는 두 아이를 키우며 시부모님을 모시는 것도 모자라서 한동안 시동생 식구들까지 한 집에 데리고 살아야 했다. 그런데도 바가지 한번 긁지 않고 묵묵히 그 역할을 담당했으니, 아내가 나를 은행원 만들어 주고 지점장 시켜 준 것이나 다름없다.

아내를 만나기 전에 늘 '나는 꼭 착한 여자를 만나야 한다.'고 생각했었다. 가난한 집안의 장남으로 부모님을 모시고 살아야 하니 내 딴에는 당연한 생각이었지만, 아내 입장에서는 '착한 여자'가 되어주기 위해 내게 시집온 것은 아닐 것이다.

처녀 시절 아내는 서울 화양동에 있는 외국인회사에 다녔다. 나를 만나 다소 급하게 결혼을 하게 됐지만 아내에게도 '어떻게 살고 싶다!'는 꿈이 있었을 것이다. 그러나 그런 얘기를 내게 한 적이 한 번도 없다. 그에 반해 나는 늘 내 꿈을 이야기했다.

"꼭 정식 은행원이 될 거야."

"은행 과장까지는 반드시 올라갈 거야."

이렇게 꿈을 이야기할 때마다 아내는 나를 믿어주고 이해해주었다. 처음 만나서는 호기롭게 곧 은행원이 될 수 있을 것처럼 말했지만 결혼하고도 13년이 지나서야 금융 업무를 하는 은행원이 됐다. 과장이 된 것은 3년이 더 지나서였다.

그 과정이 아내에게도 힘겨웠을 것은, 꿈을 위해 현재의 즐거움을 희생한다는 것은 가족들의 즐거운 시간도 함께 희생한다는 뜻이기 때문이다.

특히 아내는 경제권을 쥐고 있는 내게 생활비를 달라고 말하지 못해 가슴앓이를 한 적이 종종 있었다고 한다. 나중에 그 소리를 듣고 "내가 언제 달라고 하면 안 줬어?"라고 했지만, 성격이 올곧고 아쉬운 소리를 잘 못 하는 아내에게는 쉽지 않은 일이었을 것이다. 물론 나도 돈을 허투루 쓰지 않는 성격이고 아내도 그 점을 잘 알기 때문에 정해진 생활비 내에서 살림을 꾸려갔을 것이다. 그러는 동안 포기하고, 양보하고, 아쉬움을 삼킨 일들이 얼마나 많았을지 생각하면 미안한 마음이 든다.

그런 상황에서도 아이들을 잘 키우고, 시부모님을 잘 모실 뿐 아니라 시어머니와는 함께 교회에 열심히 다니면서 좋은 고부 관계를 유지하고, 빡빡한 살림에도 늘 남편을 존중해 준 아내가 새삼 존경스럽다. 아내는 아이들이 어느 정도 큰 뒤, 10년쯤 전부터는 다시 직장생활을 하고 있다. 직장생활과 살림을 병행하면서도 한식 요리사 자격증까지 딸 정도로 부지런하다. 진짜 책을 내고 강연을 해야 할 사람은 내가 아니라 아내가 아닐까 싶기도 하다.

퇴직할 때쯤 돼서 "나 이제 뭘 할까? 농사나 지을까?" 하고 물었더니 아내는 "당신은 영업을 하면 잘할 것 같아요."라고 했다. 자유롭게 돌아다니면서 일하면 성격에도 맞고 성과도 더 많이 낼 수 있을 것이라는 말이었다. 내가 손 차장과 함께 지금의 일을 시작한 데는 아내의 이 말이 크게 작용했다. 나 자신보다도 나를 더 잘 아는 사람이 아내였던 것이다. 나에 대한 그 믿음을 생각하면 집을 나서서 일터로 향하는 발걸음에 절로 힘이 들어간다.

다만 이제는 '일'에만 전념하고 매달려서 살고 싶지는 않다. "쉰 넘으면 부인 말을 잘 들어야 한다."고 하니, 아내를 도와주고 아내 이야기를 들어주는 남편이 되고 싶다.

그래서 내가 늘 친구들에게 "다시 태어나도 우리 아내랑 결혼하겠다."고 말하고 다니는 것처럼 아내에게 이제부터라도 '다시 태어나도 결혼하고 싶은 남편'이 되는 것이 작은 바람이다.

내 평생의
가장 큰 스승님

기업은행에 운전기사로 입사하기 전 건설 현장 보조, 책 외판원, 가게 점원, 트럭 운전수 등 여러 직업을 전전하면서도 계속 더 나은 직업, 더 나은 미래를 갈망한 데는 아버지의 영향이 컸다. 앞서 말했듯이 나름 총기가 있었고 누구보다 성실하고 부지런하기까지 했던 아버지가 평생 가난하게 사셨던 것은 '가난한 사람들의 울타리'를 벗어나지 못했기 때문이라고 생각했다. 그 당시에는 나 자신도 명확하게 몰랐지만 마음 저 깊은 곳에서는 그런 아버지의 삶에 대한 안타까움, 그 삶이 내게로 이어지고 있다는 데 대한 억울함이 선명하게 자리하고 있었다.

그런 생각이 있다 보니 아버지의 삶에 존경을 표하지 못했다. 여든 넷 연세로 돌아가시기 전까지도 역 앞에 좌판을 놓고 장사하기를 멈추지 않으셨던 아버지, 해준 것 없는 세상에 한 번쯤 울분을 표할 만도 하건만 돌아가시는 날까지 묵묵히 자기 몫을 감당하셨던 아버지. 그 삶이 얼마나 위대한 것인지를 살아 계시는 동안에는 잘 몰랐다.

아버지 장례를 치른 뒤 장지로 떠날 때 나는 운구차 운전기사님께 성내역 주변을 한 바퀴 돌아서 가자고 했다. 기사님은 이유를 묻지 않고 그렇게 해 주셨다. 가족들은 그 의미를 알았겠지만 별다른 반응을 보이지 않았다. 아마 속으로는 '뭐 그리 좋은 곳이라고 일부러 들르기까지 한담!' 하고 못마땅해 하는 이도 있었을 것이다.

아버지를 모신 차가 성내역 앞을 지날 때, 거기 좌판을 놓고 있는 어르신들 사이에 여전히 아버지가 계신 것 같았다. 나이 들어서까지도 길거리에서 장사를 하는 아버지가 부끄러워 "이제 제발 그만두시라!"고 강권한 적도 있었다. 하지만 이제는 한 번만 더 거기서 장사하시는 아버지가 보고 싶었다. 어떤 상황, 어느 곳에 있든지 최선을 다해서 성실하게 사신 분이었으므로 좌판이 놓여 있던 거기 그곳도 아버지께는 더없이 소중한 삶의 한 장소였으리라.

그런 아버지의 마음을, 삶의 자세를 제대로 알아 드리지 못했고, 존경한다고 말씀드리지 못했던 것이 후회스럽다. 아버지께서 본을 보이셨기 때문에 나도 늘 노력하면서 부지런히 살 수 있었고, 종내 좁은 인생의 굴레를 벗어나 자유로움을 느낄 수 있었다. 살아 계실 때 감사드린다고 말씀드리지 못한 것도 후회됐다.

내 기억에 어머니는 늘 건강이 좋지 않으셨다. 어릴 적 일본에서 사셨는데, 초등학교 때까지만 해도 달리기를 아주 잘했을 만큼 건강하셨다고 한다. 어느 날 옆집 개에게 한쪽 엉치 부분을 물려 수술을 받았는데 치료가 다 끝나기 전에 불가피한 사정으로 급히 한국으로 오게 되는 바람에 후유증이 남고 말았다. 성장기에는 그런대로 괜찮았는데 결혼하고 나서 집안일에 시달리다 보니 그때 다친 다리로 모든 통증이 몰렸고, 결국은 다른 쪽보다 짧아져 장애를 가지게 되셨다.

우리 자식들은 그 점에 대해서 그다지 심각하게 생각하

지 않았다. 다리가 불편하시면서도 우리들을 최선을 다해 잘 보살피며 키워 주셨기 때문이리라. 그러나 몸이 불편한 사람에 대한 사회적인 편견이 만만치 않다는 것을 생각하면, 어머니께서 오랜 세월 얼마나 큰 부담을 안고서 사셨을지 짐작할 수 있다. 그러면서도 자식들에게 한 번도 내색하지 않으신 사실을 생각하면 마음이 아프다.

그 뒤로도 어머니의 건강이 나빠져서 '이렇게 우리 곁을 떠나시나?' 하는 아찔한 순간이 두세 번 있었다. 신앙심으로 그 고비들을 잘 넘기시고 우리 곁을 지켜 주셔서 감사할 뿐이다.

돌아보면, 내가 어려서 공장을 그만둔 때부터 한참 동안 마음을 잡지 못하고 이 직업 저 직업을 떠돌았을 때 어머니께서 나를 질책하고 다그쳤다면 아마도 꿈을 찾지 못했을 것이다. 그저 나를 믿고 내가 인생의 목표를 찾아서 매진하게 되기까지 기다려 주시고 기도해 주셨다.

주변을 보면 멀쩡하고 똑똑한 자녀를 두고도 자존감을 죽이는 말을 서슴지 않는 어머니들이 꽤 있다. 채 펴기도 전에 날개를 꺾어버리는 것이다. 그런 면에서 우리 어머니는 나를 낳아주셨을 뿐만 아니라 날개를 펼 때까지 계속해서 묵묵히 품어주신 고마운 분이시다.

　아버지와 어머니 두 분께 무엇보다 감사한 것은, 평범한 인생의 비범함을 알려주셨다는 것이다. 자식에게 물질적인 풍요를 주지는 못하셨지만, 평범한 인생을 당신들이 하실 수 있는 최선의 방법으로, 최고의 노력을 다해서 사셨다. 그런 모습을 보면서 살았기에 나도 인생에서 꼭 필요한 노력을 게을리하지 않고 원하는 바를 이룰 수 있었다.
　비록 부모님 세대에 그어진 선 밖으로 나가기 위해 지금껏 노력하며 살아오긴 했지만 한 번도 "우리 부모님처럼 살지 않겠다!"는 식으로 생각한 적은 없다. 오히려 내게 닥친 시련과 좌절을 이겨내야 할 때면, 부모님께 물려받은 것들이 가장 큰 힘을 발휘하곤 했다. 그런 면에서 두 분은 내 평생의 가장 큰 스승이시고 그 어떤 힘 있고 돈 많은 사람들보다도 훌륭한 부모님이셨다.

● ● ●

"가정은 나의 대지이다.
나는 거기서 정신적인 영양을 섭취한다."
- 펄 벅 -

Achieve a dream with passion

Part 12

이철희의
꿈을 이루는
일곱 가지 원칙

포기하기 위한
핑계를 만들지 말자

　모소대나무는 중국 극동지방에서 자라는 희귀 대나무종이다. 그 지역 농부들은 여기저기 씨앗을 뿌려놓고 매일같이 정성을 들여 밭을 가꾼다. 그렇게 농부들은 수년간 정성을 다하지만 모소대나무는 싹이 튼 뒤 4년이 지나도 겨우 3센티미터밖에 자라지 않는다.

　다른 지방 사람들은 이 모습을 보며 비웃는다. "이렇게 쓸모없는 대나무는 왜 키우느냐?"며 고개를 내젓기도 한다. 하지만 이 대나무는 5년째 되는 해부터 하루에 30㎝가 넘게 자라기 시작한다. 6주 후면 키가 15m를 넘어간다. 그러면 언제 땅이 비어있었냐는 듯 금세 **빽빽**하고 울창한 대나무 숲이 만들어진다.

모소대나무는 처음 4년 동안 성장이 멈춰 있는 것일까? 그렇지 않다. 비록 겉으로 보이지는 않지만 그 긴 시간 모소대나무는 조금씩 성장하고 있었을 것이다. 그 성장이 모여서 얼마 후부터 하루에 30㎝씩 자라는 키로 증명되는 것일 뿐이다.

우리 삶에서도 어느 날 갑자기 성공하고, 높은 성취를 이루는 경우란 없다. 성공을 위해 묵묵히, 열심히 노력한 순간들이 쌓여야 어느 순간 결과가 눈에 보이기 시작하는 것이다.

포기해야 할 이유는 수도 없이 많다. 이 길이 아닌 것 같고, 너무 멀리 돌아가는 것 같고, 이렇게 고생해서 끝까지 가 봐야 그리 좋을 것도 없어 보이고, 그 시간에 다른 노력을 하는 게 현명할 것 같고, 어딘가 더 쉬운 길이 있을 텐데 이러고 있는 건 미련해 보이고….

나도 그랬다. 혹시 이 글을 읽는 사람 중에 누구라도 이철희라는 사람은 처음부터 끝까지 변치 않는 불굴의 의지를 지녔던 것으로 오해하지 말았으면 좋겠다. 그건 사실도 아니고 이 책을 쓴 의도와도 맞지 않다.

"3년 안에 은행원이 되겠다!"는 목표를 세우기는 했지만 늘 마음 한구석에는 '과연 가능할까?' 하는 의구심이 있었다. 운전기사에서 보일러기사, 기술계 행원이 됐던 단계 단계마다 '이대로 내 자리가 굳어지는 건 아닐까, 여기서 끝나는 게 아닐까?' 하는 불안함이 늘 존재했다.

그런 순간마다 도움이 된 것은 '은행원이 되겠다'는 단순 명료한 푯대였다. 그리고 그 목표에서 가장 가까운 곳에 늘 있었다. 직장에서 아침부터 저녁까지 은행원들을 곁에 서 보고 함께 일하면서 나는 언제나 그 푯대를 직시했다. 고개를 돌려 잠시 외면하거나 잊어버릴 수가 없었다. 포기할 핑계를 만들 수 없도록 목표를 내 삶 안에 넣어 놓은 것이다. 그 덕분에 매일 내 삶의 행로를 분명히 다잡고 계속해서 걸어갈 수 있었다.

작은 것이라도
오늘부터 시작하자

　지나온 날들을 정리하면서 깨달은 것은, 내게는 목표가 생기면 바로 작은 것이라도 배워보려고 하는 습성이 있었다는 것이다.

　거슬러 올라가면 군대 가기 전, "중장비 학원을 수료하면 기술 지원병으로 군에 입대할 수 있다."는 말을 듣고 용산에 있는 군 특기병 기술학원에 다녔던 것이 시작이었다. 군에서 중장비 기술을 배운 뒤 중동에 가서 목돈을 벌겠다는 야무진 꿈을 품었기 때문인지 학원에 다니며 새로운 것을 배우는 자체가 설레는 일이었다.

　은행원이 되겠다는 꿈을 갖게 된 직후에는 뭐라도 공부
하고 싶은데 뭘 해야 할지 알 수가 없었다. 누군가 내게
"은행원이 되려면 이러이러한 공부를 해야 한다."고 알려
주기만 해도 절을 하고 싶은 심정이었다. 그렇지만 주위에
그럴 만한 사람은 아무도 없었다.
　그렇다고 손을 놓고 있을 수는 없었다. 운전기사들이 쉬
는 휴게실에 작은 책상 같은 밥상을 갖다 놓고 한자 공부,
영어 공부, 붓글씨까지 뭐라도 도움이 되겠지 하는 심정으
로 공부했다. 휴게실에서 장기나 바둑을 두던 선배들 중
에는 혀를 끌끌 차는 이도 있었겠지만 내게는 아무 문제가
되지 않았다. 공부하는 자체가 즐거웠기 때문이었다.

　물론, 계속 그렇게 닥치는 대로 공부했다면 오래가지는
못했을 것이다. 곧 부기 자격증을 목표로 삼았고, 학원에
다니며 차근차근 공부하기 시작했다. 부기 자격을 취득한
것이 실제로 은행원이 되는 데 얼마나 기여했는지는 산출
하기 어렵다. 그렇지만 그런 작은 성취들이 모여서 은행원

으로 가는 길을 만들었다는 것은 분명하다.

그 뒤로도 '일단 별정직원이 되어야겠다!'고 결심했을 때는 교통안전관리자 자격증을, '보일러기사가 되어야겠다!'고 결심했을 때는 '열관리 기능사 2급' 자격증을 목표로 정하고 당장 행동에 옮겼다.

만일 오늘이 아니라 내일부터 시작하기로 마음먹었으면 어땠을까? 이번 달이 아니라 학원비를 낼 여유가 생길 것 같은 다음 달부터 시작하기로 했으면 어땠을까? 아마도 흐지부지 된 일이 많았을 것이다. 그날그날의 사정에 따라 차일피일 미뤘다면 어쩌면 지금까지도 시작하지 못했을지도 모른다. 그렇다면 은행원의 꿈은 그저 '가지 않은 길'에 그쳤을 것이다.

그렇기 때문에 목표가 정해졌다면 아주 작은 일이라도 당장 오늘부터 시작해야 한다. 당장 할 만한 게 정 없으면 빈 노트에 바른 글씨체로 앞으로 할 일을 또박또박 적기라도 해야 한다. 그러지 않고 자리에 누워서 머릿속으로 그려보는 것으로는 결코 그 목표에 다다를 수 없다.

멀리 돌아가더라도
끝까지 가자

어떤 사람에게서 이런 질문을 받은 적이 있다.

"그때 은행원들이 대부분 명문대를 갓 졸업한 엘리트들이었으니까, 은행원이 되고 싶었으면 대학에 갈 수 있게 수험 공부를 하는 편이 더 빠르지 않았을까요?"

그 질문이 틀렸다고 보지 않는다. 그런 방법도 있었을 것이다. 어찌 보면 내가 간 길은 불필요하게 멀리 돌아간 길이었는지도 모른다.

은행원이 되기로 마음먹었을 때, 나는 눈앞의 여러 방법

중에서 가장 효율적이고 빠른 길을 선택하는 처지에 있지 않았다. 아무런 길도 보이지 않아서 막막하고, 지푸라기라도 잡고 싶은 처지였을 뿐이었다. 정보도 없었고 세상이 어떻게 돌아가는지도 잘 몰랐기 때문이었다.

눈에 보이는 대로, 먼저 손에 잡히는 대로 무작정 뛰어들어 앞으로 나가려고 했던 그 상황에서는 어쩌면 잘못된 길을 택할 수도 있었다. 그 끝이 내가 정한 목표와 연결되지 않는 길 위에서 속절없이 헤맬 수도 있었다.

그러나 만일 '가장 짧은 시간에 효율적으로 갈 수 있는 길을 발견할 때까지는 여기 서 있자.'고 생각했다면, 결국 나는 출발도 하지 못했을 것이다.

지금 택한 길이 좀 돌아가는 길일 수도 있다. 그래도 앞으로 나아가야 한다. 내가 이 책으로 전해야겠다고 마음먹은 가장 중요한 이야기가 이것이다. '3년 안에 은행원이 되겠다!'고 결심하고 19년 후에야 은행 지점의 고객 상담 창구에 앉은 나만큼 이 이야기를 하기에 적합한 사람도 드물 것이다.

지나온 날들 중에서 "이 길이 맞는 걸까?" 하는 물음이 가장 커졌던 시기는 보일러기사가 된 지 얼마 안 됐던 때였던 것 같다. 별정직원이 됨으로써 은행원을 향해 한 단계 도약할 수 있어서, 선망하던 은행원들을 가까이에서 지켜볼 수 있어서 행복한 시절이었던 것은 분명하다. 그러나 지하 보일러실의 '내 공간'으로 내려가 앉아 있자면 "너무 먼 길을 돌아가고 있는 게 아닐까?" 하는 피로감이 몰려왔었다. 이 보일러실의 어둠에 내 꿈이 발목 잡히는 것 같아서 몸서리가 쳐지기도 했다.

그렇지만 분명한 것은, 운전기사보다 보일러기사는 '은행원'의 꿈에 가까운 위치라는 것이었다. 그 점만 생각하면 그리고 다음 단계를 위해 노력할 여지가 있다는 점을 생각하면 그 막막함을 견딜 수 있었다.

길을 멀리 돌아가면 그만큼 시간이 걸리고, 그 시간 동안 할 수 있었을 다른 일들을 포기한 셈이 되고, 지금 하고 있는 노력이 맞는지에 대한 불안감도 커지게 마련이다. 그래서 누구나 돌아가는 길을 싫어하고 '지름길'을 찾으려 한다. 그러나 생각해 보라. '지름길'을 안다면 왜 여기, 출발점에 서 있겠는가? 어느 길이 지름길인지, 그 길이 진짜 지름길이 맞는지 모르기 때문에 우리는 고민하게 되는 것이다.

그럴 바에는 지금 가능한 걸음을 내디뎌야 한다. 어쨌든 뒤로 가는 걸음은 아니기 때문이다.

그리고 일단 걸음을 내디뎠다면, 뒤로 갈 생각은 하지 말아야 한다. 끝까지 가야 한다. 끝까지 갈 수만 있다면 사실 지나온 길이 지름길인지 멀리 돌아온 길인지는 중요하지 않다.

현재 하는 일도
인정받아야 한다

앞서 "은행원이 되려면 수험 공부를 하는 게 낫지 않았 겠느냐?"는 질문은 "은행원이 되고 싶다고 왜 꼭 은행 안 에서 노력해야 하느냐?"는 질문과도 통한다. 일단 은행을 그만둔 다음에 돈을 벌어 대학을 졸업하고, 그 뒤에 시험 을 봐서 들어오는 편이 더 빠르고 가능성도 높지 않겠느냐 고 생각할 수 있다.

사람은 어디서 무얼 하건 그 자리에서 인정을 받아야 한 다. 그렇지 못하면 일을 계속할 수 없고 안정적으로 생활을 영위할 수 없다. 언제 일자리를 잃을지 모르거나 계속 새로운 일자리를 찾아야 하는 사람이 수험 공부를 하고 대학을 다니면서 그 비용을 감당한다는 것은 지극히 어려운 일이다.

그런 점에서 내가 은행 안에 있었던 데는 몇 가지 장점이 있었다. 운전기사로, 보일러기사로, 객장의 여러 잡무를 돕는 서무 보조의 자격으로 열심히 일해 인정받는 것은 현재의 내 일자리를 안전하게 지켜줄 뿐 아니라 언젠가 '은행원'으로의 문이 열릴 때 긍정적으로 작용할 것이기 때문이다.

실제로 IMF 위기가 닥쳤을 때, 그 매서운 구조조정의 칼날 아래서도 매번 살아남을 수 있었던 것은 "다른 사람은 다 잘려도 주임님은 안 잘릴 거예요!"라는 말을 들을 만큼 지점에서 내 역할을 인정받은 덕분이었다.

기술계 행원 전직 심사에서 통과할 수 있었던 이유도 똑같았다. 승진 심사자 중 한 분이 전에 나와 같이 성동 지점에서 근무한 적이 있던 분으로, 내 서류를 보고 "이 사람은 남들이 시키지 않아도 적극적으로 일을 찾아서 하는 사람이다."라면서 지지해 주셨던 게 크게 작용했던 것이다.

　물론 목표로 삼는 일과 지금 하는 일이 동떨어져 있는 사람들도 있을 것이다. 예를 들어 꿈은 영화감독인데 지금은 물류센터에서 일할 수 있다. 기왕이면 영화계 안에서 일하면 좋겠지만 여건상 그럴 수 없는 경우가 분명히 있다. 그렇다 하더라도 일단은 지금의 일터에서 인정을 받을 수 있게 모든 노력을 다 해야 한다고 나는 생각한다. 그럴 때 야간 대학에 다니거나 밤늦게 영화 공부를 하더라도 상사와 동료들이 인정하고 지지해 줄 것이다. 그리고 물류센터에서도 일을 잘하는 법을 제대로 배워 두면 머지않아 영화계로 진출했을 때 분명히 써먹을 일이 생긴다.

　'내가 진짜 하고 싶은 일은 이게 아닌데' 하는 생각으로 지금 맡은 일을 대충 하고 불성실한 면을 보여서는 꿈으로 향하는 문이 열리게 만들 수 없다.

자기 하는 일에
가치를 부여하라

세계 금융위기가 발생한 2008년경, 내가 근무한 신당동 황학동 일대에 재개발이 이뤄지면서 득을 본 사람도 있지만 살기가 더 힘들어진 사람도 많았다.

사유지 또는 국유지인 땅에 무허가 집 한 채 지어서 살던 분들은 아파트 입주권을 받게 돼 기뻐한 것도 잠시, 아파트가 다 지어질 때쯤엔 빛 좋은 개살구처럼 빚만 덩그러니 남곤 했다. 중도금은 대출을 받아 겨우 치렀어도 잔금까지 치를 능력이 없다 보니 아파트는 세를 주고 전보다 더 못한 반지하방, 단칸방으로 가서 살게 되는 것이다. 거기에 대출 이자, 때로는 연체 이자까지 감당해야 하니 생활수준은 전보다 못하기 일쑤였다.

우리 기업은행에서 중도금 대출을 받은 고객분들 중에는 이자를 내야 하는 매달 10일만 되면 나를 찾아와서 "왜 이런 걸(재개발) 해가지고 나를 힘들게 하는지 모르겠다."면서 하소연하는 분이 꽤 있었다. 그러면서도 시세가 오를지 모른다는 기대감에 집을 팔지는 못하고 매여 사는 모습들이었다. 특히 한 여자분은 "여기서 아파트값까지 하락하면 어쩌냐?"면서 무척 불안해하셨다. 남편은 매일 술로 세월을 보내고, 자신은 지병이 도져서 하루하루 겨우 버티는데 집값마저 떨어지면 도저히 살아갈 희망이 안 보인다는 얘기를 거의 매달 이자 납부일마다 하셨다. 딱한 사정을 그렇게 계속 듣다 보니 무슨 방법을 찾아드려야겠다는 생각이 들었다.

내 일은 아니었지만 부동산 중개소를 찾아다니기 시작했다. 집을 팔아드리기 위해서였다. 몇 달 동안 틈틈이 발품을 판 끝에 비교적 좋은 가격에 아파트를 팔 수 있게 해드릴 수 있었다. 이것저것 다 정리를 하면 한 푼도 받을 수 없을 것 같았는데 조금이나마 현금을 손에 쥘 수 있게 됐고, 그동안에 받았던 스트레스도 모두 해결됐다고 생각하니 "훨훨 날아갈 것 같다."면서 그분은 내 손을 잡고 고마워하셨다. 이럴 때 은행원이 된 보람을 느꼈다.

모든 직업에는 여러 가지 측면이 있다. 사람들에게 도움이 되는 면도 있고 자신의 이익을 위해 상대에게 손해를 입히기도 한다. 은행원도 마찬가지다. 꼭 자금이 필요한 사람에게 적기에 가장 좋은 조건으로 대출을 해 주면 매출이 신장되고, 레버리지(지렛대) 효과로 사업이 크게 성장하기도 하다. 그런 모습을 보면 보람을 느꼈다. 반면 내 실적과 평가에만 집중해서 일했다면 그런 보람은 모르고 살았을 수 있다.

그런 여러 측면을 보지 않고 그냥 '어떤 직업'을 갖고 싶다고 생각한다면, 그 꿈은 힘을 갖기 어렵다. 내가 그 직업을 가짐으로 해서 사람들에게 어떤 도움을 줄 수 있는지를 생각하면 꿈에 긍정적인 힘이 생긴다.

그 직업을 갖게 된 다음도 마찬가지다. 지금 하는 일을 그저 '하루하루 때워서 월급을 받는 수단'이라고만 생각하면 나태해지고, 불만이 커지게 된다.

그러나 어떤 직업이든 불법적인 것만 아니라면 이 사회가 유지되고 발전하는 데 긍정적으로 기여하는 면이 분명히 있다. 그 점을 찾아내고, 내가 하는 매일의 업무와 그 연관성에 집중하고, 그 부분이 더 커질 수 있도록 노력한다면 하루하루 의미 있게 일할 수 있다.

또한, 그렇게 할 때 주어지는 선물도 있다. 바로 '신뢰'다. "저 사람은 나를 이롭게 하기 위해 저 일을 한다."고 상대방이 나를 생각해 주게 되는 것이다. 그렇게 되면 동료들이 다 어려워하는 일도 내게는 쉬워진다. 내가 하는 모든 일이 나와 상대방을 동시에 만족시키는 '윈-윈'이 되기 때문이다. 그렇게만 된다면 '성공'은 자연히 따라온다.

꿈에 부끄럽지 않을 만큼
부지런하자

'란체스터 제곱의 법칙'이라는 게 있다. 원래 군사학에서 나온 용어인데 영국의 항공공학 엔지니어 란체스터가 고안한 개념이라고 한다. 이 법칙은 전력상 차이가 있는 양자가 전투를 벌이면 원래 전력 차이의 제곱만큼 그 전력 격차가 더 커지게 된다는 것이다.

예를 들어 성능이 같은 아군 전투기 5대와 적군 전투기 3대가 공중전을 벌인다면 최종적으로 살아남는 아군 전투기는 2대가 아닌 그 차이의 제곱인 4대가 된다는 것이다. (5-3=2가 아니라 $(5-3)^2=2^2$) 이 법칙이 증명하고자 하는 것은 한

마디로 "많이 하면 잘하게 돼 있다."는 것이다.

이 법칙은 특히 영업 현장에서 그대로 나타난다. 고객을 한 번 만난 사람과 다섯 번 만난 사람의 차이는 산술적으로는 설명할 수 없다. 다섯 번보다 열 번, 열 번보다 백 번을 만나려 한다면 그 사람은 한 번 만난 사람은 결코 낼 수 없는 성과에 다다를 수 있다.

영업에는 왕도가 없다. 부지런하면 된다. 주저하지 말고 사람을 더 많이, 자주 만나면 된다.

물론 왜 이 영업을 잘해야 하는지, 왜 지점의 성과를 높여야 하는지를 알지 못하는 사람이라면 그런 노력을 기울일 수 없다.

꿈이 있는 사람, 목적이 있는 사람은 남들에게는 영 어렵고 싫은 일도 즐겁게 할 수 있다. 그리고 즐거운 마음으로 다가오는 사람에게는 상대방도 좀 더 쉽게 마음을 내주게 된다.

내게 행복했던 한 순간을 꼽으라 한다면, 이른 아침에 출근해서 보일러를 점검하고 아무도 없는 객장을 둘러보던 성동 지점 근무 시절의 평범한 어느 날을 꼭 넣고 싶다. 지하철 신당역에 내려서 지점으로 걸어가면서 떠오르는 태양을 바라보면서 기분이 상쾌해졌고, 그래서 "쨍하고 해뜰날~" 하고 노래를 몇 소절 흥얼거렸을 것이다. 내 집처럼 보살피던 지점 건물 안팎에 밤사이 아무 일도 없었던 게 흡족했고, 오늘 하루 어떤 고객들을 만나게 될지 설레었다. 직원들이 출근하기 전까지 시간 여유가 있어서 문제집도 풀고 이런저런 공부도 할 수 있는 게 행복했다.

그런 행복감, 남보다 부지런한 데서 오는 만족감을 아는 사람이라야 지금과는 다른 삶을 그리고, 성취할 수 있다고 믿는다. 혹은 꼭 달라지고자 하지 않더라도 그런 부지런함을 가진 사람이라면 삶을 알차게 가꿔 나갈 수 있을 것이고, 어느 순간 이전과는 다르게 성숙해지고 충만해진 자신을 발견할 수 있을 것이다.

스스로가 바뀌어야
인생도 바뀐다

위에 설명한 모든 법칙들에는 기본적인 조건이 깔려 있다. 삶을 적극적으로 살아야 한다는 것이다. 특히 영업과 관련된 일을 하는 사람이라면 능동적이고 외향적일수록 성과가 높을 수밖에 없다.

이런 얘기를 듣고 누군가는 "나는 소심한 성격이라 어렵겠다."고 생각할지 모른다. 그러나 사람 안에는 여러 가지 성격이 숨어 있다고 나는 생각한다. 직장에서 소심한 사람도 오랜 친구들하고 만난 자리에서는 가장 큰 목소리로 떠들지 모른다. 학교 다닐 때 한 번도 반장 선거에 나서지 않았던 사람이 취미로 동호회 활동을 할 때면 회장이며 총무를 자청하고 나설 수도 있다.

나도 어려서부터 늘 스스로를 '내성적이고 소심한 사람'이라고 여겼다. 젊어서 잠시 책 외판원으로 일했을 때에도 '영업은 영 내게 맞지 않는 일'이라고 생각했다. 그러나 은행원이 된 뒤에 보니 내게 '영업 본능'이 꽤 있었다.

가만히 생각해 보니 스스로를 내성적이라고 생각하게 된 첫 번째 계기는 6세에 학교에 간 것이다. 남들보다 두 살이나 어린 나이에 학교에 가다 보니 손들고 발표를 하기는커녕 질문을 받아도 창피해서 말을 못 했다.

1학년 때 일인데, "시험을 잘 못 본 사람은 혼날 줄 알아라!"는 선생님 말씀에 겁을 먹고 학교를 가지 않았다. 매일 십 리 길을 걸어 다녔는데, 중간에 옆길로 새서 장터를 돌아다녔다. 그러다 집에 돌아오려고 버스를 탔는데 목포까지 가는 버스를 잘못 타고 가다가 낯선 동네에 내렸다. 나중에 들으니 목포에 인접한 삼호면의 한 마을이었다고 했다. 거리를 헤매는 나를 고등학생 누나들이 그 동에 이장님 댁으로 데려다 주었다. 그날부터 며칠간 나는 그 집에서 숙식을 했다.

우리 동네에서는 내가 없어져서 난리가 났었다. 동네 이장님의 연락으로 나를 찾으러 오셨을 때 아버지는 장남을 잃어버린 걱정이 얼마나 컸는지 얼굴이 해쓱하게 변해 있었다.

나중에 들으니 나는 그 며칠간 그 집 아주머니를 '고모'라고 부르며 잘 적응해 지내고 있었다고 한다. 꽤 붙임성 있는 아이였던 것이다.

그런 내가 자라면서 점점 더 소심해진 데는 환경의 영향이 컸을 것이다. 가난한 집의 장남은 하고픈 게 있어도 참고 힘든 게 있어도 숨겨야 했으니 말이다. 열다섯에 낯선 서울에 혼자 올라와 한참 나이 많은 형들과 함께 공장 생활을 한 것도 내 성격이 안으로 움츠러들게 만든 하나의 원인이었다.

그렇게 성격이 소심해진 것은 어쩔 수 없는 환경 탓이었지만, 이를 다시 외향적으로, 긍정적으로 돌리는 것은 전적으로 내 의지에 달린 일이었다. 다행히 꼭 하고 싶은 일을 만났고, 그 일에서 성공하기 위해서는 용기를 내야 했고, 마침 그 일은 적극적으로 나설수록 여러 사람들에게 도움을 줄 수 있는 가치를 지니고 있었기에 내 성격은 바뀔 수 있었다. 그리고 그에 따라 인생도 바뀌어 갔다.

많은 사람들이 인생을 더 나은 방향으로 바꾸고 싶어 한다. 그러나 실제로 그 뜻을 이루는 사람은 많지 않다. 그 이유는 스스로를 바꾸지 못하기 때문이다. 그 말을 반대로 하면, 스스로를 바꾸는 사람은 인생을 바꿀 수 있다.

이것이 바로, 무엇 하나 분명치 않고 막연하기만 해서 도전할 마음을 먹지 못하는 사람들에게 내가 해 주고 싶은 이야기이다.

●●●

"나는 중요한 일을 이루려 할 때 사람들의 말에
너무 신경 쓰지 않는 것이 바람직하다는 사실을 깨달았다.
예외 없이 그들은 안 된다고 공언한다.
하지만 바로 그때가 노력할 절호의 시기다."
– 캘빈 쿨리지 –

"꿈을 찾아라! 그리고 열심히 쫓아가라!"

이렇게 말하기는 참 쉽다. 청년들이 이런 말을 들어본 적 없어서 방황하는 건 아닐 테다. 꿈이란 말 그대로 지금 현실에서는 만나볼 수 없는 것이다. 찬란하게 빛나기 때문에 그만큼 더 멀고 허황되게 느껴지는 것이다.

어떤 젊은이들에게는 하루하루 살아내는 것도 벅차다. 매일 아르바이트를 해도 등록금이 모자라서 휴학을 해야 하는 청년에게 매일 저녁 학원에 다니는 친구를 본받으라고 할 수는 없다. 눈앞의 생계를 위해 꿈을 접어야 하는 사람들이 얼마나 많을지, 그들에게 "꿈을 포기하지 말라!"는 말이 얼마나 우스울지, 섣부른 조언을 하기 전에 한 번쯤 생각해 봐야 할 것이다.

그래도 아니, 그래서 나는 이 책을 쓰고 싶었다. 비록 고시 수석 합격자, 성공한 CEO, 유명 연예인만큼 영향력 있는 사람은 아닐지라도 사람들에게, 특히 청년들에게 내이야기를 들려주고 싶었다. 지금은 생계를 위해 꿈과 관련 없는 일을 하고 있더라도, 한 살 두 살 나이가 많아지면서 조바심이 나더라도, 먼저 꿈을 이룬 사람에 비하면한없이 초라하게 느껴지더라도 "포기하지 말라!"고 말해주고 싶어서다.

"좀 늦게 가도 괜찮아. 늦게 가서 더 좋을 수도 있어. 늦게 시작했다고 해서 꼭 뒤처진 채로 끝나는 건 아니야!"

이런 말을 해주는 사람이 한 명쯤 있어도 좋으리라고 생각했다. 그런 역할을 하기에는 내 조건이 꽤 좋은 것도 사실이다. 아무 가진 것 없이, 특별한 능력도 기술도 구체적인 목적도 없이 방황하다가 남들보다 늦은 스물넷에야 꿈을 찾고, 먼 길을 돌고 또 돌아서 마흔셋에야 그 꿈을 이루었기 때문이다.

다만, 한 가지 강조하고 싶은 게 있다. 혹시 오해하는 사람이 있을지 몰라서다. "꿈보다 중요한 것은 인생이다!"

나는 꿈을 위해서 인생의 많은 것들을 포기하라고는 말하고 싶지 않다. 꿈을 이루기 위해 친구도 멀리하고, 연애도 하지 않고, 부모님과도 등을 지고, 일상의 소소한 행복마저도 모두 억누른 채로 달리기만 하는 것은 잘못돼도 한참 잘못된 것이다. 꿈을 이루려는 것은 행복한 인생을 살기 위해서지, 그 꿈 자체가 중요해서는 아니기 때문이다. 각자 나름대로 어려운 상황들이 있겠지만 꿈을 좇아가는 것만큼 노력해야 할 일이 있다. 최대한 주위 사람들과 좋은 관계를 맺고, 그 관계 속에서 에너지를 얻고, 꿈을 향해 한 발짝 나아갈 때마다 그 기쁨을 사람들과 나누는 것이다. 그래야만 꿈을 이루는 의미가 있다.

　돌아보면 나는 참으로 인덕이 많은 사람이다. 좋은 사람을 많이 만났고 함께한 소중한 시간이 셀 수 없이 많았다. 나와 함께 했던 IBK 기업은행 동료들, 모셨던 비서실장님들과 지점장님들 모두가 내게는 귀인들이었다. 그분들의 격려와 응원 덕분에 성장할 수 있었다.
　특히 조준희 전 행장님을 만난 것은 내 인생에 가장 큰 행운이었다. 제도적 어려움이 있는 상황에서 용단을 내려 나를 부지점장과 지점장으로 발탁하여 승진시켜주신 덕분에 은행에서의 모든 노력들이 아름답게 결실을 맺을 수 있었다. 나를 믿어주신 데 대해서 무한한 감사를 드리고 싶다. 늘 권위적이지 않고 따뜻했던, 직원 한 명 한 명에게 특별한 관심을 보여주시던 조 전 행장님의 모습은 내 마음속 깊이 영원히 남아 있을 것이다. 은행을 퇴직하신 후 또 다른 분야에서 활기차게 일하시면서 글도 쓰시는 모습은 내게 큰 자극이 되었다.

은행에서 만난 많은 고객님들께도 감사했다고 전하고 싶다. 특히 이성열 부사장님은 수면 아래에 있던 나를 수면 위로 올려 주신 귀인 중의 귀인이셨다. 내 열정을 높이 사주시고 인정해 주셨던 데 대한 감사한 마음을 평생 잊지 않을 것이다.

이 세상에 안 계시지만 성실함과 근면함을 물려주신 아버지, 건강이 좋지 않으시면서도 자녀들의 행복을 위해 최선을 다해 사셨고 늘 기도해 주시는 어머니께도 다시 한 번 감사를 드린다.

내가 직장생활에 매진하는 동안 가정 살림을 건사하면서도 시부모님 잘 모시고, 형제간 우애롭게 지내고, 자녀들에게 사랑을 듬뿍 준 고마운 사람, 나를 지점장까지 오르게 해준 주인공인 평생의 반려자 김정숙 씨, 사랑합니다!

신앙심 깊고 활기차게 하루하루 열어가는 우리 예쁜 딸 유진이, 사려 깊고 매력 있고 자신의 꿈과 미래를 향해 힘차게 도전할 줄 아는 멋진 아들 재호! 사랑한다, 화이팅!

신문에 실린 내 기사를 보고 먼저 연락해 주신, 이 책이 나올 수 있도록 도와주신 행복에너지 권선복 대표도 참 귀한 분이다. 권 대표님이 CEO 과정 등 내가 모르던 분야들과 여러 좋은 분들을 소개해 주신 덕분에 퇴직 후 생활에 조금 더 쉽게 적응할 수 있었다.

권 대표님의 소개로 알게 된 전종현 교수님은 내게 부족한 강의 콘텐츠 부분을 보완 지도해주고 있다. 열정과 배려심이 많은 전 교수님 덕분으로 소셜 모임과 SNS 등으로 활동 영역이 넓어지고 있어 늘 감사한 마음이다.

인생 2막의 파트너 손석원 차장도 빼놓을 수 없다. 항상 긍정적인 마인드로 자신감 있게 고객들을 대하는 모습은 은행에서 영업을 해왔던 내가 봐도 늘 새롭고 매력적이다. 솔직히 영업을 하다 보면 힘들고 지칠 때가 있다. 손 차장은 그럴 때마다 따뜻한 미소와 낙관적인 말을 건네주는 최고의 파트너다.

이 책 출간에 많은 조언을 해 주고 정확한 방향키를 잡아 준, 손 차장의 아내 한길화 씨에게도 감사를 전한다.

요즘도 나는 은행에 다닐 때와 마찬가지로 아침 일찍 일어난다. 눈을 뜰 때마다 오늘 하루 일할 생각에 마음이 설렌다. 일을 시작하기 전에 수락산에 오르는 것이 퇴직 전과 달라진 점인데, 새소리 물소리를 들으며 하루를 맞이할 수 있다는 것이 또 그렇게 좋을 수가 없다.

이렇게 인생은 한 발짝 한 발짝 나아갈 때마다 새로운 풍경이 펼쳐지는 경이로운 것이다. 그런 발걸음을 힘차게 해 주는 '꿈'이 있고, '열정'이 있고, '미래'가 있어서 오늘도 행복하다!

• • •

야구 영화 '그들만의 리그'에서
톰 행크스를 연기한 지미 듀건은 이렇게 말했다.
"힘들 것이다. 힘들지 않으면 누구나 할 것이다.
어려움을 극복해야 비로소 위대해진다."
— 프랭크 런츠, 『이기는 말』 중에서 —

열정이 곧 능력!
행복에너지 팡팡팡 샘솟으시길
기원드립니다!

– 권선복(도서출판 행복에너지 대표이사, 한국정책학회 운영이사)

아무리 힘겨운 삶을 살더라도 꿈이 있기에 행복한 미래를 기약할 수 있습니다. 꿈은 인간이 앞을 향해 나아가게 하는 원동력이며, 인생에 있어 가장 소중한 가치입니다. 생의 목표, 그 성취를 위해 또 하나 빼놓을 수 없는 것이 열정입니다. 열정만 충만하다면 나이는 말 그대로 숫자에 불과합니다. 하지만 꿈과 열정이 있다고 누구나 삶의 목표를 성취하는 것은 아닙니다. 어떻게 하면 꿈을 현실로 이루고 행복을 성취하는 삶을 살 수 있을까요?

책 『열정으로 이룬 꿈, 마흔도 늦지 않아』에 바로 그 해답이 될 만한 이야기들이 들어 있습니다. 아무 계획도 없이 공장과 막노동판을 전전하던 한 젊은이가 학력을 비롯한 온갖 제약을 이겨내고 한 은행의 지점장 자리에까지 오르는 과정이 생생하게 펼쳐집니다. 이미 강연 100도씨를 통해 자신의 인생역정과 성공노하우를 온 세상에 알린 저자는 그때 다 하지 못한 삶의 굴곡을 담담하면서도 담백한 필치로 그려내고 있습니다. 모두가 불가능하다고 했기에 더더욱 매진했고 마침내 마흔을 훌쩍 넘긴 나이에 꿈을 이루는 과정은 한 편의 영화처럼 드라마틱합니다.

꿈은커녕 하루하루 먹고사는 일에 쫓기며 살아가는 우리 현대인들이 반드시 잊지 말아야 할 것이 하나 있습니다. '꿈이 없는 인생은 살아도 살아 있지 않다'는 사실입니다. 자신만의 꿈을 이루기에는 너무 늦은 것이 아닐까 고민하는 많은 이들이 이 책을 통해 용기와 도전의 의지를 얻을 수 있기를 바랍니다. 또한 이 책을 읽는 모든 독자분들에게 행복과 긍정의 에너지가 팡팡팡 샘솟으시기를 기원드립니다.

Happy Energy books

좋은 원고나 **출판 기획**이 있으신 분은 언제든지 **행복에너지**의 문을 두드려 주시기 바랍니다.
ksbdata@hanmail.net   www.happybook.or.kr   단체구입문의 ☎ 010-3267-6277   행복에너

하루 5분 나를 바꾸는 긍정훈련
행복에너지

'긍정훈련' 당신의 삶을
행복으로 인도할
최고의, 최후의 '멘토'

'행복에너지
권선복 대표이사'가 전하는
행복과 긍정의 에너지,
그 삶의 이야기!

인터파크
자기계발 분야 주간
베스트 1위

권선복 지음 | 15,000원

권선복

도서출판 행복에너지 대표
지에스데이타(주) 대표이사
대통령직속 지역발전위원회
문화복지 전문위원
새마을문고 서울시 강서구 회장
전) 팔팔컴퓨터 전산학원장
전) 강서구의회(도시건설위원장)
아주대학교 공공정책대학원 졸업
충남 논산 출생

책 『하루 5분, 나를 바꾸는 긍정훈련 - 행복에너지』는 '긍정훈련' 과정을 통해 삶을 업 그레이드하고 행복을 찾아 나설 것을 독자에게 독려한다.

긍정훈련 과정은 [예행연습] [워밍업] [실전] [강화] [숨고르기] [마무리] 등 총 6단계로 나뉘어 각 단계별 사례를 바탕으로 독자 스스로가 느끼고 배운 것을 직접 실천할 수 있게 하는 데 그 목적을 두고 있다.

그동안 우리가 숱하게 '긍정하는 방법'에 대해 배워왔으면서도 정작 삶에 적용시키지 못했던 것은, 머리로만 이해하고 실천으로는 옮기지 않았기 때문이다. 이제 삶을 행복하고 아름답게 가꿀 긍정과의 여정, 그 시작을 책과 함께해 보자.

『하루 5분, 나를 바꾸는 긍정훈련 - 행복에너지』

가짜부모 진짜부모

옥복녀 지음 | 값 15,000원

이 책은 아이가 행복하려면 우선 부모가 먼저 행복해져야 한다는, 너무나 간단하지만 흔히들 잊고 있는 전제를 다시금 일깨워준다. 경쟁 사회에서 살아남아 성공한 아이로 키워내기 위해 아이들의 행복과 자신의 행복은 뒷전이 되어버린 가짜 부모들에게, 행복한 아이가 훌륭한 아이가 된다는 메시지를 전하고 있다.

경비원 홍키호테

홍경석 지음 | 값 15,000원

여기 한 남자가 있다. 그는 현재 경비원으로 또한 수년간 연마해왔던 글쓰기로 자신의 황혼기를 다시금 일구는 사람이다. 그 주인공은 바로 자신을 스스로 "경비원 홍키호테"라고 칭하는 홍경석 저자이다. 그는 이 책을 통해 자신의 가난과, 억겁 같았던 불행의 유년기와 현재 세월을 오르고 올라 당도한 황혼의 빛을 듬뿍 뿜어 우리에게 전달해준다.

희망이 이긴다

정창덕 지음 | 값 15,000원

인생에서 쉽게만 펼쳐진 길은 그 어디에도 없다. 그렇기에 홀로 외롭게 살아가는 것처럼 느껴질 때가 많지만 주위를 둘러보면 곁에서 우리와 함께하는 누군가가 반드시 존재한다. 그 동반자들과 함께라면 어려움이 닥쳤을 때 넉넉히 이겨내고 더 나은 미래를 꿈꿀 수 있지 않을까? 서로서로 도우며 함께하는 희망 찬 인생 이야기를 지금 바로 이 책을 통해 경험해보자.

기업의 성공적 발전 MODEL

문성수 지음 | 값 15,000원

『기업의 성공적 발전 MODEL』 책은 하나의 기업이 창업에서 시작하여 대기업에 이르기까지, 풍부한 현장 경험과 오랜 연구를 바탕으로 '기업의 일생'을 그려내고 있다. 오랜 연륜과 심도 있는 연구가 곳곳에서 빛을 발하고 있으며, 현재 우리나라 중소기업가들과 창업을 준비하는 이들에게 꼭 필요한 사업 노하우를 알기 쉽게 전하고 있다.

가슴 설렌다, 오늘 내가 할 일들!

김종호 지음 | 값 15,000원

『가슴 설렌다, 오늘 내가 할 일들!』은 저자가 '프로회계사'라는, 37년의 외길 인생을 걸어오면서 보고 듣고 느끼고 경험했던 의미 있는 이야기들을 엮은 책이다. 단순히 돈을 받고 일하는 아마추어의 삶이 아니라 자신의 일을 즐기면서 고객을 위해 봉사하는 프로의 삶이 무엇인지 잘 보여주고 있다.

내 마음 안아주기

김소희 지음 | 값 15,000원

아픈 가슴 끌어안고 살아가는 이들에게 '토닥토닥' 작지만 한없이 따스한 온기와 위로를 전하는 책 『내 마음 안아주기』는 한국토닥토닥연구소 김소희 소장의 첫 번째 책이다. 아픈 가슴을 끌어안고 살아가는 수많은 현대인들에게, 자기 자신과 삶 자체가 얼마나 소중하고 아름다운 것인지 깨닫게 해 줄 것이다.

중년의 고백

이채 지음 | 값 13,500원

『중년의 고백』은 노을이 물드는 가을날 들판을 수놓은 코스모스처럼, 어딘지 수줍은 모습이지만 한편으로는 당당한 중년의 고백들을 담아내고 있다. 이미 제7시집 『마음이 아름다우니 세상이 아름다워라』가 2014년 세종도서에 선정되며 문학적, 대중적으로 실력을 인정받은 시인의 이번 시집은, 전작을 넘어서는 통찰과 혜안, 관능미로 가득하다.

성공하고 싶은 여자, 결혼하고 싶은 여자

김나위 지음 | 값 13,800원

현재 조직성장, 인재양성, 라이프 컨설팅 전문가로 활동 중인 김나위 소장의 책 『성공하고 싶은 여자, 결혼하고 싶은 여자』는 이제 막 사회에 발을 들여놓은 2, 30대 여성은 물론 지금까지의 인생을 돌아보고 앞으로의 삶에 새로운 활력을 불어넣을 계기를 찾고 있는 4, 50대 여성들까지 꼭 한 번은 유심히 읽어봐야 할 내용들을 담아냈다.

사람이 행복이다

최세규 지음 | 값 13,800원

책 『사람이 행복이다』는 총 26장으로 구성되어 저자 최세규, 그가 걸었던 인생길의 곳곳을 담담하게 보여주고 있다. 그것은 한 개인의 역사에 머물 수 있으나 그가 건네는 인생길을 천천히 더듬어 가다 보면 그곳에 저자가 열망하고 행복을 느끼고 성공을 보는 사람의 아름다운 기운을 감지할 수 있을 것이다.

눈부신 희망

이건수 지음 | 값 15,000원

182 실종아동찾기센터 '이건수 추적팀장'은 평생 실종자를 찾기 위해 모든 열정과 에너지를 쏟아 온 참된 경찰관으로 평가받는다. 그의 책 『눈부신 희망』 역시 실종자 가족들에게 마음의 평온과 희망을 전달하기 위해 저자가 평소 가졌던 생각들과 신앙에 대한 이야기들을 담아냈다.

대학생이 바라본 파워리더 국회의원 33인

권선복 엮음 | 값 20,000원

책 『대학생이 바라본 파워리더 국회의원 33인』은 대학생과의 인터뷰를 통해 열심히 의정활동을 펼치고 있는 국회의원 33인의 숨겨진 이야기, 생생히 다가오는 그들의 진솔한 삶과 열정을 담아 낸 책이다. 우리 청년들과 국회의원들의 작은 만남으로 엮은 이 한 권의 책이, 온 국민의 행복한 삶을 이룩할 작은 씨앗이 되어 줄 것이다.

명강사 25시: 고려대 명강사 최고위과정 2기

구자현 외 22인 지음 | 값 20,000원

『고려대 명강사 최고위과정 2기 - 명강사 25시』는 고려대 명강사 최고위과정 2기 수료생의 각기 다른 인생 여정 속 풀어내지 못한 무수한 질문들을 함께 고민하고 그 결과물을 함께 들려주는 자리라고 할 수 있다. 다양한 분야, 다양한 이야기로 삶의 지혜와 노하우, 혜안과 성찰을 전한다.

중국 사회 각 계층 분석

양효성 지음, 이성권 번역 | 값 27,000원

"한중 수교 20여 년, 우리는 과연 중국에 대해 얼마나 깊이 알고 있는가?" 중국의 발자크라 불리는, 중국 최고의 知靑 양효성의 10년에 걸친 역작! 이 책은 모택동 사후 시기의 중국(中國) 사회를 가장 심층적으로 분석하고 있다. 인문학적 시각으로 들여다본 중국사회에 대한 깊은 연구는 대한민국의 성장과 밝은 미래를 위한 하나의 전환점을 제시하고 있다.

제안왕의 비밀

김정진 지음 | 값 15,000원

『제안왕의 비밀』은 대한민국을 대표하는 14인의 제안왕 이야기를 담아내고 있다. 자신의 삶은 물론 몸담고 있는 조직까지 변화시키는 제안의 놀라운 비밀을 이야기한다. 제안 하나로 청소부, 경비원, 기능공에서 대기업 임원, 교수, CEO로 등극하는 드라마 같은 인생이 펼쳐진다. 또한 제안왕이 되기 위해 반드시 숙지해야 할 십계명과 비결 등을 공개한다.

그대, 늦었다고 걱정 말아요

감민철 지음 | 값 13,800원

『그대, 늦었다고 걱정 말아요』는 바로 이렇게 힘겨운 시기를 보내고 있는 젊은이들에게 따뜻한 위로의 메시지를 전하는 책이다. 현재 주어진 암울한 환경이 아닌, 어려움을 통해 더욱 성장하게 될 미래의 자신을 바라보라고 주문한다. 우리가 늘 부정적으로만 여겼던 고난의 진정한 의미는 과연 무엇일까? 지금 이 책에서 그 해답을 확인해보자.

주인공 빅뱅

이원희 지음 | 값 13,800원

세상의 기준은 상대평가에 따르기 때문에 항상 서로를 비교하게끔 만든다. 그 과정에서 우리는 우월감과 열등감을 오가며 천국과 지옥을 경험하곤 한다. 하지만 『주인공 빅뱅』은 그러한 악순환에서 벗어나 자기 자신이 평가의 기준이 될 것을 권한다. 스스로가 객관적으로 자기 자신을 평가함으로써 정서적 · 지적 · 영적 · 인격적 성장을 이룰 필요에 대해 강변한다.